W. Greiffenhagen

Dr. jur. Friedrich Georg von Bunge

W. Greiffenhagen

Dr. jur. Friedrich Georg von Bunge

ISBN/EAN: 9783743654242

Hergestellt in Europa, USA, Kanada, Australien, Japan

Cover: Foto ©Raphael Reischuk / pixelio.de

Weitere Bücher finden Sie auf **www.hansebooks.com**

Dr. jur. Friedrich Georg v. Bunge

von

Mag. jur. W. Greiffenhagen.

Reval, 1891.
Verlag von Franz Kluge.

Dr. jur. Friedrich Georg v. Bunge

von

Mag. jur. W. Greiffenhagen.

Reval, 1891.
Verlag von Franz Kluge.

Gedruckt bei Lindfors' Erben in Reval.

Vorwort.

Vor einigen Jahren wandte sich der unterzeichnete Herausgeber an den Nestor unserer einheimischen Rechtslehrer und Rechtsbildner, dessen Schüler er 1841 in Dorpat gewesen, sowie an den Bahnbrecher auf dem Gebiete unserer historischen Forschung mit der Bitte, ihm einige Notizen über seinen Lebensgang mittheilen zu wollen. Statt der erbetenen Notizen schickte ihm Bunge allmählich in Briefen, die er aus Wiesbaden an ihn richtete, eine vollständige Biographie, die er zu veröffentlichen ihm gestattete. Damals schon — ein Mann in der Mitte der achtziger Jahre stehend — war er des Augenlichts beraubt und mußte die Biographie Anderen dictiren. Wie geistesfrisch er war und über ein wie erstaunlich treues Gedächtniß er verfügte, wird der Leser der folgenden Aufzeichnungen selbst ermessen können.

Der Biographie hat der Herausgeber Nachträge folgen lassen, die theils zur Ergänzung, theils zur Erläuterung ersterer dienen sollen.

W. Greiffenhagen.

Bunge's Autobiographie

lautet, wie folgt:

Ich bin geboren zu Kiew am 1. (13.) März 1802 als dritter Sohn des Collegien-Assessors Andreas Theodor und meiner Mutter Elisabeth Antoinette, geb. v. Fuhrmann. Meine beiden älteren Brüder waren vor mir jung gestorben, und auch ich schwebte 1½ Jahre zwischen Leben und Tod. Meinen ersten Unterricht erhielt ich von meiner Mutter und kurze Zeit von einem Hauslehrer; bereits in meinem fünften Lebensjahre konnte ich lesen und schreiben. Am 10. September 1810 trat ich in die soeben begründete Lehr- und Pensionsanstalt von Friedrich Graf aus Halle. Dieser war von meinem Großvater Fuhrmann als Hauslehrer verschrieben worden und hat er meine Mutter und alle meine Geschwister unterrichtet und erzogen. Die Lehrgegenstände waren biblische Geschichte, allgemeine und russische, sowie mathematische und physische Geographie (letztere in französischer Sprache), Geschichte Rußlands, Elemente der Mathematik und deutsche und französische Sprache. Christlicher Religionsunterricht wurde nicht ertheilt, sondern nur sog. natürlicher, wobei jedoch daran festgehalten wurde, daß an jedem Montage der Unterricht mit einem Gebete, welches einer der Schüler aufsagen mußte, eröffnet wurde. Graf war der einzige Lehrer, bis sich die Anstalt erweiterte, wo dann auch ein russischer Hilfslehrer hinzugezogen wurde. In den Jahren 1812 und 1813 traten mehrere in Kriegsgefangenschaft gerathene deutsche Offiziere als Lehrer ein. Die französische Sprache wurde mit besonderem Eifer betrieben, und es dauerte nicht lange, so wurde die Unterhaltung in derselben während der Freistunden für die Schüler obligatorisch. Nur an zwei oder drei Tagen in der Woche durfte deutsch oder russisch gesprochen werden. Von Latein war bis zum Jahre 1815 nicht die Rede. Meine Lieblingsfächer waren von Anfang an die Geographie und die Geschichte. Von letzterer wurde aber außer Geschichte Rußlands und der biblischen nur im Anschlusse an letztere die Geschichte der vier ersten Monarchien und des persischen und macedonischen Reichs gelehrt. Nach dem Ausbruche des Krieges von 1812 las ich mit Eifer die damals beste russische Zeitung „Die nordische Post" (сѣверная почта) und machte mir damals Auszüge über den Krieg. So entwickelte sich früh bei mir die Neigung zum Schriftstellern und im Jahre 1813 arbeitete ich in den Freistunden mit Hilfe der Lehrbücher von Fabri und Caspari ein gedrängtes Lehrbuch der Geographie aus. Die größte Schwierigkeit bereitete mir damals die Geographie Deutschlands, bis ich mit Unterstützung meines Lehrers, hessischen Hauptmanns Bechstedt, eine Charte des Rheinbundes entwarf. — Im März 1814 starb mein Vater, und im folgenden Jahre zog mein Großvater Fuhrmann nach Dorpat. Er veranlaßte sehr bald darauf auch meine Mutter, mit ihren Kindern (mir, meinem Bruder Alexander und meiner Schwester Rosalie) dorthin überzusiedeln, damit wir Kinder die dortigen Unterrichtsanstalten benutzten. So verließ ich denn am 5. (17.) Mai 1815 meine erste Schule und meine Vaterstadt, die ich nie wiedergesehen.

Nach einer vielfach beschwerlichen Reise langten wir am 6. (18.) Juni in Dorpat an.

Wenige Tage später begann ich den Unterricht in der lateinischen Sprache bei dem Lehrer M. Hausmann, welcher in Gemeinschaft mit dem Oberlehrer des Gymnasiums Hachfeldt den Plan zur Eröffnung einer Privatschule gefaßt hatte. Diese Schule, aus 2 Klassen bestehend, sollte eine Vorbereitung für das Gymnasium bilden. Während der Ferien lernte ich so viel Latein, daß ich, da es mir in den anderen Fächern an den nöthigen Vorkenntnissen nicht fehlte, gleich in die erste Klasse der Privatschule aufgenommen werden konnte. Hier begann auch der Unterricht im Griechischen und in der Geschichte des Alterthums. Zu gleicher Zeit war mir Gatterer's Weltgeschichte in die Hand gekommen, und ich erinnere mich, das Buch förmlich verschlungen zu haben.

Nach Ablauf eines Semesters trat ich in das dreiklassige Gymnasium, in welchem ich nach bestandener Prüfung in der Ober-Tertia einen Sitz erhielt. Nach Ablauf eines Semesters, zu Johanni 1816, wurde ich bereits nach der Secunda versetzt, in der ich drei Semester verblieb, so daß ich zu Weihnachten 1817 Primaner wurde. Nur ein Jahr verblieb ich in dieser Klasse.

Nach bestandenem Abiturienten-Examen erfolgte am 24. December 1818 durch den damaligen Rector Gustav Ewers meine Aufnahme und Immatriculation als Studirender der Cameralwissenschaften.

Während des Schulbesuches, sowie auch später als Student ertheilte ich viel Privatunterricht und bildete mich so fürs Lehrfach vor. Als Secundaner arbeitete ich nach Hachfeldt's Vorträgen unter Benutzung mehrerer einschlagender Werke eine ausführliche Darstellung der Mythologie der Griechen und

Römer aus, der eine Geschichte des Mittelalters folgte. Wie ich als Schüler an den Vergnügungen meiner Kameraden wenig theilgenommen, so hielt ich mich auch dem Studentenleben im Ganzen fern. Neben meinen Studien war es die Musik, der ich einige Mußestunden widmete. Bereits in Kiew hatte ich mit dem Klavierspiele den Anfang gemacht, in Dorpat setzte ich's fort, lernte überdies ohne weitere Anleitung nach einer Tabelle Flöte blasen, desgleichen auf der damals sehr beliebten Guitarre klimpern und griff zuletzt zum Fagott, welches ich mit besonderem Eifer behandelte. Auch wirkte ich in einem von mehreren Studenten begründeten Orchesterverein mit, wobei ich es mir bei meiner ausgesprochenen Liebhaberei für Musik nicht versagen konnte, in ein Quartett einzutreten und in diesem die Violoncellstimme auf dem Fagott zu übernehmen. Zu meinen Nebenunterhaltungen gehörte übrigens die Botanik und die Entomologie. Reichhaltige Sammlungen legten ein Zeugniß dafür ab, daß sie mit Ernst betrieben wurden.

Und nun zu meinen wissenschaftlichen Studien. Ich war, wie gesagt, als Cameralist immatriculirt und besuchte gleich im ersten Semester Vorlesungen über die Encyklopädie der Cameralwissenschaften, Landwirthschaft und Baukunst, sowie ein paar historische Collegia. Dann kam um Ostern 1819 Dabelow als Professor nach Dorpat und kündigte für das halbe Semester eine Vorlesung über Encyklopädie des römischen Rechts an. Ich belegte auch diese Vorlesung und wurde durch Dabelows zwar monotonen, aber sehr fesselnden Vortrag und von dessen Gegenstande so ergriffen, daß ich zum Schluß des Semesters umsattelte und Jurist wurde. — Dabelow blieb mein Hauptlehrer bis zu meinem Abgange von der Universität; die übrigen Mitglieder der Facultät zogen mich weniger an, nur e i n e n ausgenommen, nämlich den aus Basel berufenen Professor Snell.

Dieser kam im Juli 1819 nach Dorpat, kündigte Vorlesungen über Natur- und Criminalrecht an und hatte einen so hinreißenden und zündenden Vortrag, daß sein Auditorium die täglich wachsende Zuhörerzahl kaum fassen konnte. Da wurde er nach etwa zwei bis drei Wochen plötzlich des Dienstes entlassen, weil die preußische Regierung seine Auslieferung verlangte. Unsere Regierung zahlte ihm übrigens eines Jahres-Gehalt und bewilligte ihm außerdem ein Reisegeld. Die studirende Jugend ließ es sich aber nicht nehmen, ihm am Abend vor seiner Abreise ein Ständchen zu bringen, an dem auch ich theilnahm und wofür ich mit einer achttägigen Carcerstrafe belegt wurde. — Am 12. December 1819 wurde als Thema einer Preisschrift von der Juristen-Facultät verkündet: «De veterum Romanorum agnatione». Ich interessirte mich sehr dafür und begann die Vorbereitungen zur Bearbeitung dieses Themas, sah aber ein, daß ich bis zum Termin die Arbeit nicht vollenden könne. Es lief am 12. Dec. 1820 keine Preisbewerbung ein; es wurde aber zu meiner großen Freude dieselbe Frage für das nächste Jahr wiederholt, so daß es mir gelang, zum November 1821 die Arbeit zu vollenden und bei der Facultät einzureichen. Bei der Preisverkündigung wurde mir die silberne Medaille mit dem Beifügen zuerkannt, daß, wenn ich die beiden letzten Capitel weiter ausführen würde, ich nicht nur die goldene Medaille erhalten, sondern die Schrift auch auf Kosten der Universität gedruckt werden sollte. Dazu kam es jedoch nicht, da mein Studiencursus im Uebrigen geschlossen war und ich im Januar 1822 die Universität verließ, um mich zum Candidaten-Examen vorzubereiten. Da ich mich eines besonders glücklichen Gedächtnisses erfreute, so nahm ich es mit dieser Vorbereitung sehr leicht, bestand daher auch die Prüfung, welche sich übrigens nicht blos auf juristische Fächer beschränkte, sondern auch auf allgemeine und russische Geschichte und Statistik, sowie auch politische Oekonomie erstreckte, leidlich gut. Meine Candidatenschrift: „Wie und nach welchen Regeln müssen die in Livland geltenden Gesetze interpretirt werden?" ließ ich als erstes Druckwerk erscheinen und begann auch mit den Vorbereitungen des Repertoriums der russischen Gesetze.

Im zweiten Semester 1822 trug mir Dabelow auf, für etwa 15 neu immatriculirte Juristen eine Privatvorlesung über die Institutionen des römischen Rechts zu halten, womit ich also in meiner Wohnung meine akademische Laufbahn begann. Bald darauf, am 15. September, wurde ich zum Lector der russischen Sprache und zum Translateur berufen und gab in dieser Veranlassung mehreren darum nachsuchenden Studirenden Anleitung zum Uebersetzen russischer Gesetze, zu welchem Zwecke ich eine kleine Chrestomathie drucken ließ. Durch meine Candidatenschrift, sowie auf Anrathen von Dabelow wurde ich veranlaßt, mich dem Studium des Provinzialrechts zuzuwenden, zumal dieses Fach damals in der Facultät vacant war. Auch während ich studirte, wurden keine öffentlichen Vorlesungen über Provinzialrecht gehalten, mit Ausnahme nur eines gedrängten Vortrages über dessen Quellen, dem sich Dabelow unterzogen hatte. Auch hörte ich eine Privatvorlesung des Dr. Hezel über das livländische Privatrecht, welche übrigens im hohen Grade dürftig und mangelhaft war. Ich fing an, die Quellen des Privatrechts aller drei Provinzen zu studiren, zu welchem Zwecke ich ein durchschossenes Exemplar von Dabelows Handbuch des gemeinen deutschen Civilrechts mit Citaten aus dem provinciellen Rechte versah. Dies wurde die Grundlage aller meiner späteren Arbeiten über dieses Recht.

Im Sommer 1823 hielt ich mich mehrere Wochen in Riga auf, um mich mit den Quellen des livländischen Rechts genauer bekannt zu machen. Nachdem ich sodann das Recht erhalten hatte, als Privatdocent öffentliche Vorlesungen zu halten, eröffnete ich dieselben im zweiten Semester 1823 mit Vorträgen über das livländische Privatrecht. In den Weihnachtsferien unternahm ich eine Reise nach Reval und suchte mich dort in den Quellen des ehstländischen Rechts zu orientiren, worauf ich im ersten Semester 1824 eine Vorlesung über die drei ersten Bücher des ehstländischen Ritter- und Landrechts hielt. Im folgenden Semester las ich livländisches Privatrecht unter Benutzung nachgeschriebener Collegienhefte des Professors Lampe.

Anfang Mai 1825 wurde ich zum Mitgliede des Dorpater Raths gewählt und gab nach erfolgter Bestätigung durch die Gouvernements-Regierung das Amt eines Lectors der russischen Sprache auf, blieb aber Privatdocent. Die Vereinigung beider Aemter wurde mir nicht leicht, da das neue mich in eine ganz neue Sphäre versetzte, das alte mich dagegen weit mehr anzog und zu schriftstellerischer Thätigkeit anregte. Nach Verlauf von etwa 2 Jahren wurde ich zugleich zum Stadt-Syndicus gewählt, als welchem mir die Anfertigung aller Endurtheile in Civil-Sachen oblag. Durch meine wissenschaftlichen Studien abgezogen, ließ ich diese Arbeiten häufig längere Zeit liegen, bis mir ein jüngerer Jurist unter meiner Leitung diese Last abnahm.

Um dieser lästigen Doppelstellung überhoben zu werden, mußte ich eine Professur zu erlangen suchen. Dazu bedurfte es zunächst der Erlangung des Doctorgrades, und da dies zu jener Zeit große Schwierigkeiten machte, rieth mir Dabelow, auf einer deutschen Universität in absentia zu promoviren. Ich arbeitete zu diesem Zwecke meine Schrift über den Sachsenspiegel als Quelle des livländischen Ritterrechts aus und sandte dieselbe mit einem Empfehlungsschreiben von Dabelow an Professor Mittermayer in Heidelberg. Die Heidelberger Facultät approbirte meine Dissertation und fertigte mein Doctordiplom am 21. Dec. 1826 aus. Indessen erreichte ich auch hierdurch meinen Zweck nicht, da Dabelow inzwischen starb und der damalige vieljährige Rector der Universität G. Ewers mir — ich weiß nicht, aus welchem Grunde — seine Geneigtheit entzog.

Nach Dabelow's Tode — 1827 — ward Clossius sein Nachfolger, mit dem ich bald sehr befreundet wurde. Inzwischen gelang es mir nicht, eine Entscheidung darüber, ob ich in meiner Docenten-Thätigkeit zu bleiben oder eine praktische Lebensstellung vorzuziehen hätte, herbeizuführen. Zwar lehnte ich eine Berufung an das livländische Hofgericht, dessen Glied ich werden sollte, ab. Dagegen entschloß ich mich nach längerem Schwanken, da ich in meiner Aussicht, eine Professur zu erlangen, nicht weiter kam, dazu, die Universität zu verlassen und — Buchhändler zu werden, in der Hoffnung, in dieser Stellung Zeit und Gelegenheit zu finden, meiner Liebhaberei zum Schriftstellern nachzugehen. Ich hatte schon vorläufig Schritte zur Ausführung dieser Absicht gethan, als mich der Professor Friedrich Parrot, welcher an des schwer erkrankten Ewers Stelle zum Prorector gewählt worden war und von meinem Entschlusse gehört hatte, besuchte und mich dringend aufforderte, davon abzustehen, und erklärte, ich solle in nächster Zeit zum außerordentlichen Professor in Vorschlag gebracht werden. Kurze Zeit darauf starb Ewers, und nicht lange nachher wurde ich von der Juristen-Facultät zum außerordentlichen Professor der Provinzialrechte dem Universitäts-Conseil präsentirt. Acht Tage darauf fand die einstimmige Wahl statt. Es geschah dies im Mai 1831, und in denselben Tagen wurde ich vom Rathe der Stadt Dorpat zum Justiz-Bürgermeister erwählt. Ein meinerseits angestellter Versuch, beide Aemter wenigstens eine Zeit lang gleichzeitig zu bekleiden, schlug fehl, und ich gab daher meine Stellung beim Rathe auf.

Um diese Zeit erschien Samson v. Himmelstierna's livländisches Erbschafts- und Näherrecht, ein in Gesetzesform abgefaßtes, vorzugsweise auf römisches Recht basirtes Werk, in welchem das deutsche Recht ganz ignorirt wird und die provinziellen Quellen, Land-, Stadt- und Bauerrecht, in bunter Mischung ohne Kritik durch einander geworfen, hin und wieder citirt werden. Ich machte mich an eine Recension dieses Buches, welche in zwei Nummern der Hallischen Literatur-Zeitung abgedruckt wurde und die obgedachten Mängel in scharfer Weise aufdeckte. Gegen diese Recension ließ Samson eine Antikritik als besonderes Büchelchen von ca. 200 Seiten drucken, von welchem ich aber erst nach einigen Jahren Kenntniß erhielt, da sie nicht im Buchhandel erschienen, sondern vom Verfasser nur einzelnen Personen zugestellt war. In dieser Antikritik, bei welcher meine von Studirenden nachgeschriebenen Collegienhefte aus verschiedenen Jahrgängen benutzt waren, werden mir besonders viele Widersprüche zum Vorwurf gemacht, die ich aber nicht geradezu als solche anerkennen kann, da die betreffenden, sich angeblich widersprechenden Behauptungen nicht in einem Werke und nicht gleichzeitig, sondern zu verschiedenen Zeiten aufgestellt sind. Sie sind blos Folgen des Umschwunges, den meine Studien in gedachter Zeit erhielten. Mein Hauptlehrer Dabelow war nämlich praktischer Jurist und strenger Logist, erkannte keine consuetudo extra legem an und behandelte die Rechtsgeschichte mehr als Nebensache. Gegen Hugo und Savigny polemisirte er auf die schärfste Art. Natürlich folgte ich im Anfange meiner akademischen Laufbahn seinem Beispiele und gerieth dadurch zu manchen Irrthümern, von denen ich nur meine ursprüngliche Theorie vom allgemeinen Provinzialrechte und die Forderung der Anwendung des schwedischen Landrechts in Livland anführe. Da erschien in dem Archiv für

Criminalrecht ein Artikel des Professors J. A. Biener über die geschichtliche Behandlung des Criminalrechts. Diese Abhandlung, die ich mit größtem Interesse las, bewirkte eine völlige Umwandlung in meinen Ansichten. Durch sie lernte ich erst Savigny's berühmte Schrift über den Beruf unserer Zeit zur Gesetzgebung kennen, studirte diese und bekehrte mich durch Ueberzeugung zum eifrigen Anhänger der historischen Schule. Freilich mußten in den seit dieser Zeit gehaltenen Vorlesungen und herausgegebenen Schriften sich oft bedeutende Widersprüche mit meinen früheren Werken ergeben, die ich aber eher als Fortschritte in meinen Forschungen betrachtet wissen möchte.

Zu meinen schriftstellerischen Arbeiten während dieser Zeit gehört auch eine Abhandlung über die Geschichte der Quellen des Provinzialrechts in der angestammten Periode. Ich hatte sie handschriftlich dem Professor Homeyer in Berlin mit der Bitte zugeschickt, mir sein Urtheil darüber mitzutheilen und die Schrift auch dem Appellations-Gerichtsrathe Nietzsche in Dresden zukommen zu lassen, da mir auch dessen Meinung wünschenswerth sei. Von Beiden erhielt ich sehr günstige Urtheile, führte die Abhandlung weiter aus und ließ sie mit noch zwei Abhandlungen unter dem Titel „Beiträge zur Geschichte der Rechtsquellen der Ostseeprovinzen" abdrucken. Diese Schrift erhielt den Beifall der Juristen-Facultät in solchem Maße, daß letztere mich schon im Januar 1832 dem Conseil zum ordentlichen Professor präsentirte, von welchem ich dann auch wiederum einstimmig gewählt wurde.

An die erwähnte Abhandlung knüpft sich ein an mir begangenes Plagiat. Derselbe Appellations-Gerichtsrath Nietzsche in Dresden, an welchen jene zur Begutachtung geschickt war, benutzte sie nämlich zu einem Programm, welches er zum Antritt einer Professur in Leipzig unter dem Titel «de fontibus juris

Livonici» veröffentlichte. Ein zweites Plagiat widerfuhr mir — was hier gleich bemerkt werden mag — im Jahre 1837 durch den Landrath Samson, der eine Geschichte der Leibeigenschaft in Livland ausgearbeitet hatte und mir zum Abdrucke im „Inlande" zuschickte. Ich fand bei der Durchsicht dieser Schrift, daß der erste, die älteste Zeit behandelnde Abschnitt einen oft wortgetreuen Auszug aus einer druckfertigen Arbeit von mir über die livländische Leibeigenschaft bis zum Jahre 1561 enthielt. Das gab mir Veranlassung, meine Arbeit in der Schrift: „Geschichtliche Entwickelung der Standesverhältnisse bis zum Jahre 1561" sofort durch den Druck zu veröffentlichen und erst, nachdem dies geschehen, ließ ich das Samsonsche Werk als besondere Beilage zum „Inland" drucken. So viel zur Erklärung der Vorrede zu meiner oben genannten Schrift über die Standesverhältnisse.

Indem ich des „Inlandes" gedacht, habe ich meine publicistische Thätigkeit berührt, die ich im Jahre 1833 durch Herausgabe einer Zeitschrift für Literatur, Geschichte und Statistik Rußlands begann. Der Plan dazu war schon vor längerer Zeit gefaßt, und wurde daher diese Zeitschrift in dem genannten Jahre von mir als Redacteur unter Mitwirkung der Professoren Struve, Blum, Julius und Piers Walter, sowie des Syndicus v. d. Borg unter dem Titel „Dorpater Jahrbücher für Literatur, Statistik und Kunst, besonders Rußlands" herausgegeben. Es sind davon 5 Bände erschienen, der letzte im Jahre 1836, worauf die Zeitschrift einging. In demselben Jahre gründete ich die Zeitschrift „Inland", welche ich bis zu meinem Abgange von der Universität redigirte.

In den Weihnachtsferien 1831/32 unternahm ich eine Reise nach St. Petersburg, wo ich mich dem Grafen Speransky vorstellte, der mich mit großer Freundlichkeit als Verwandten (mein Vaterbruder hatte Speransky's Nichte geheirathet) begrüßte und aufforderte, jeden Montag und Donnerstag sein Mittagsgast zu sein. Dieser Einladung kam ich gern nach, und mehrmals mußte ich den Grafen am Nachmittag in sein Arbeitszimmer begleiten, wo wir uns über wissenschaftliche Dinge unterhielten. Auch die Winterferien 1832/33 und 1833/34 brachte ich in Petersburg zu und war häufig Speransky's Mittagsgast.

Um diese Zeit hatte der livländische Landrath R. v. Samson dem Grafen einen Entwurf des Privatrechts der Ostseeprovinzen nebst einer Gerichtsordnung unterlegt. Speransky übergab mir diese Arbeit mit dem Auftrage, ihm eine eingehende Beurtheilung derselben zukommen zu lassen. Nachdem ich diesen Auftrag durch eine sehr strenge Kritik, welche eine Anzahl von Mängeln aufdeckte, erfüllt, bat mich der Graf, ihm ein Gutachten über die zweckmäßigste Redaction eines baltischen Privatrechts auszuarbeiten. Dieses Gutachten übergab ich bald darauf mit seiner Erlaubniß unter dem Titel „Wie kann der Rechtszustand der Ostseeprovinzen am zweckmäßigsten gestaltet werden?" dem Drucke. — In dieser Zeit war es auch, daß Speransky mich mit der Uebersetzung seiner das neue russische Gesetzbuch (Swod) einleitenden Schrift in's Deutsche betraute, welche Uebersetzung dann auch ohne Angabe meines Namens im Druck erschien. Auch die Bekanntschaft des Geheimraths Boguljansky, der an der Spitze der Codifications-Commission stand, machte ich damals und lernte mehrere Mitglieder der letzteren persönlich kennen, unter diesen den Grafen Emanuel Sievers und Baron Rahden. Diese Beiden hatten eine geschichtliche Einleitung in die von ihnen ausgearbeiteten beiden ersten Theile des baltischen Codex entworfen und übergaben mir diese Arbeit zur Durchsicht und Berichtigung. Dies waren die ersten Arbeiten, welche ich im Bereiche der Codification der Ostseeprovinzen ausführte.

Im Februar 1837 verließ mein Freund Clossius Dorpat, und bald darauf traf sein Nachfolger Carl Otto v. Madai ein, welcher eine Wohnung in demselben Hause, wo ich wohnte, bezog und mit dem ich mich bald innigst befreundete. Ich begann um diese Zeit die Ausarbeitung eines meiner Hauptwerke, des liv= und ehstländischen Privatrechts, an welchem ich mit vielem Eifer arbeitete und nach dessen Vollendung ich in Gemeinschaft mit Madai die Herausgabe der Zeitschrift „Theoretisch=praktische Erörterungen aus den in Liv=, Ehst= und Kurland geltenden Rechten" unternahm. Wie er den römisch=rechtlichen, so versah ich den deutsch=rechtlichen Theil des Gebiets, und dabei kam es nicht selten zu lebhaften und andauernden Discussionen zwischen uns, die sich übrigens immer ganz in den Schranken der Wissenschaft hielten. So bildete die Eigenthumsklage einen Hauptgegenstand unseres Kampfes, indem Madai die Regel „Hand muß Hand wehren" als unrichtig bekämpfte, während ich die römische rei vindicatio in Beziehung auf Mobilien als unpraktisch und den Verkehr hemmend verwarf.

In Gemeinschaft mit Madai gründete ich einen juristischen Unterhaltungscirkel, der, wenn ich nicht irre, alle 14 Tage am Abend zusammentrat und wo der jedesmalige Wirth die Aufgabe hatte, Rechtsfragen und Rechtsfälle vorzulegen, über welche dann lebhaft discutirt wurde. Dieser Cirkel bestand vorzugsweise aus Angehörigen der Facultät; später schlossen sich aber auch mehrere praktische Juristen an. — Vorgreifend bemerke ich, daß ich nach meiner Uebersiedelung nach Reval daselbst einen kleinen juristischen Cirkel, der aus 6 Mitgliedern bestand, stiftete. Hier wurden juristische Werke gelesen, darunter insbesondere mein liv= und ehstländisches Privatrecht, dessen zweite Ausgabe einen großen

Theil der Vermehrungen und Verbesserungen den Discussionen in diesem Cirkel verdankt. Endlich gelang es mir auch, in St. Petersburg aus (zuletzt) 8 Mitgliedern meiner Behörde einen juristischen Unterhaltungscirkel zu bilden. Hier wurden auch amtliche Gegenstände verhandelt, so der später zu erwähnende Entwurf einer Notariats-Ordnung, desgleichen der Entwurf eines Gesetzes über die Verjährung, welcher indessen bis zu meinem Austritte aus dem Amte nicht erledigt wurde.

Die Anstrengungen, welche diese Arbeiten mit sich brachten, verbunden mit einem lebhaften Familienverkehr, blieben nicht ohne nachtheilige Folgen für meine Gesundheit. Im Frühjahre 1839 mußte ich meine Vorlesungen unterbrechen, um eine Mineralwassercur in Riga zu brauchen. Von dort zurückgekehrt, konnte ich die Vorlesungen erst im October wieder aufnehmen. Um dieselbe Zeit wurde ich vom Conseil zum Director der Universitäts-Bibliothek ernannt, eine Stellung, welche mich im Sommer 1840 nach beendeter Badecur in Kissingen dazu veranlaßte, die Bibliotheken der wichtigsten deutschen Universitäten zu besuchen, wo ich Gelegenheit nahm, mich meinen Fachgenossen, den Germanisten, vorzustellen und gleichzeitig die Verwaltungen der Universitäts- und anderer großen Bibliotheken kennen zu lernen. Vollständig genesen, kehrte ich nach Dorpat zurück, so daß ich mich bei meiner Heimkehr wieder ganz meinen wissenschaftlichen Arbeiten hingeben konnte.

Im folgenden Jahre (1841) wurde von dem Universitäts-Gerichte, dem ich als Decan der Juristen-Facultät angehörte, in Sachen eines Duells zwischen Studirenden ein Urtheil gefällt und vorschriftsmäßig dem Curator Craffström zur Bestätigung vorgestellt. Da Letzterer die Entscheidung verschärfte, so brachte das Universitäts-Gericht die Angelegenheit vor das Conseil, welches beschloß, beim Ministerium über den Curator wegen

Ueberschreitung seiner Competenz Beschwerde zu führen. Zu diesem Zwecke wurden der Rector Volkmann und ich nach Petersburg delegirt, und der Minister Uwarow erkannte die Richtigkeit der Beschwerde des Conseils ohne Weiteres an, bestätigte das Erkenntniß des Universitäts-Gerichts und ordnete den Ersatz unserer Reisekosten aus den Universitätsmitteln an.

Es verging wiederum ein Jahr. Anfangs November 1842 sprach ich auf einem Spaziergange beim Professor Volkmann vor, um ihn in Angelegenheiten des Journalcirkels zu befragen. Bei dieser Gelegenheit erkundigte er sich bei mir, ob mir ein Gesetz bekannt sei, welches den Untergebenen verbietet, ihren Vorgesetzten Geschenke darzubringen. Ich antwortete, daß, so viel ich wüßte, vor längerer Zeit ein solches Verbot in Beziehung auf die General-Gouverneure erlassen sei, ich wolle zu Hause nachsehen, ob später eine Erweiterung dieser Vorschrift auf andere Verhältnisse erfolgt sei. Volkmann erzählte mir bei dieser Gelegenheit, daß die Studirenden die Absicht hätten, dem gewesenen Rector Professor Ulmann einen Becher zu überreichen und daß der Curator ihn, den Rector, gewarnt hätte, eine solche Ovation zu gestatten, da sie gesetzwidrig sei. Von meinem Spaziergange heimgekehrt, hatte ich an die Sache nicht weiter gedacht, bis ich am nächsten Sonntage auf der Straße einige Studirende in voller Uniform erblickte und von zweien gerade bei mir anwesenden Commilitonen erfuhr, es sei heute dem Professor Ulmann ein silberner Becher dargebracht worden. Tags darauf lud der Rector mich ins Local des Universitäts-Gerichts ein und wünschte zu wissen, ob ich über seine neuliche Anfrage das Erforderliche nachgeforscht. Ich entschuldigte mich wegen meiner Vergessenheit und trat an den Tisch, auf welchem der Syndicus den bez. Artikel des Swod aufgeschlagen hatte. Derselbe schien mir auf den vorliegenden Fall nicht zu passen.

Untergebenen sei es verboten, dem Vorgesetzten Geschenke oder Ovationen ohne Allerhöchste Genehmigung darzubringen. Die Studirenden seien aber keine Untergebenen, sondern Schüler des Professors. Auch zweifelte ich aus dem Grunde an der Anwendbarkeit dieses Gesetzes auf Studirende, da der Minister Uwarow, der doch unbestritten der Vorgesetzte der Studirenden sei, noch vor wenig Monaten bei seiner Anwesenheit in Dorpat nicht nur über die Ausstellung von Porträts der Professoren in den Auditorien durch Studirende sich anerkennend ausgesprochen, sondern auch selbst einen ihm dargebrachten Fackelzug der studirenden Jugend dankend angenommen hatte. Auf den Wunsch des Rectors, eine schriftlich aufgezeichnete Wiederholung dieser Interpretation von mir zu erhalten, zögerte ich einzugehen, und zuletzt entband er mich auch von dieser Forderung. Ueber die Ulmann zu Theil gewordene Ovation war vom Curator sofort an das Ministerium berichtet worden, und umgehend gelangten an den Curator aus St. Petersburg mehrere Fragebogen, welche, so viel mir bekannt, den Professoren Volkmann und Ulmann, sowie zwei Studirenden, welche an der Spitze der Ovation gestanden hatten, vorgelegt wurden. Diese Fragebogen mußten sofort beantwortet werden und zwar in der Wohnung des Curators und wurden die Antworten sodann ins Ministerium befördert. Wie ich später erfuhr, hatte der Rector Volkmann in seinen Antworten erklärt, er habe um so weniger an der Zulässigkeit der Ovation gezweifelt, als der Decan der Juristen-Facultät (das war ich) ihm gesagt, das Gesetz könne auf diesen Fall nicht bezogen werden. Am 20. November berief der Curator die Mitglieder des Conseils zu einer Sitzung, in welcher er selbst erschien und einen Allerhöchsten Befehl verlas, durch welchen Volkmann das Rectorat entzogen, Ulmann seines Amtes für verlustig erklärt und ich, weil ich wiederholt mich unrichtiger Auslegung der Gesetze schuldig gemacht, an die Universität von Kasan versetzt wurde. Mich traf dieser unerwartete Schlag um so härter, als ich wußte, daß ein Theil der Stadt Kasan vor Kurzem durch Brand zerstört war und daselbst große Theuerung und ansteckende Krankheiten herrschten. Ulmann mußte Dorpat noch an demselben Tage verlassen, und da viele meiner Bekannten glaubten, daß mir dasselbe Schicksal zu Theil geworden, so füllte sich am Nachmittage meine Wohnung mit einer großen Zahl von Freunden und Bekannten, deren herzliche Theilnahme geeignet war, meinen Schmerz zu lindern. Auch erhielt ich am selben Tage einen Besuch des Curator-Gehilfen Obrist Schönig, welcher sich erbot, dahin zu wirken, daß ich statt nach Kasan nach Kiew versetzt würde. Tags darauf beehrte mich auch der Curator mit seinem Besuche und sprach sich dahin aus, daß es mit meiner Abreise nach Kasan um so weniger Eile habe, als ich Director der Bibliothek sei und letztere meinem Nachfolger abzugeben habe, bei welcher Gelegenheit er eine vollständige Revision der Bibliothek wünsche, welche sich möglicher Weise bis zum Frühjahre hinziehen könne. Er wolle das Erforderliche in dieser Angelegenheit dem Ministerium vorstellen. Einige Zeit darauf erhielt ich von meiner Tante Dom, z. Z. Directrice des kaiserlichen Erziehungshauses in St. Petersburg und in den ersten Familien der Residenz verkehrend, die briefliche Anfrage, wie die Angelegenheit, über die in der Residenz die widersprechendsten Nachrichten cursirten, eigentlich stände, welche Anfrage ich eingehend beantwortete und bei welcher Gelegenheit ich mich dahin aussprach, es sei mir erwünscht, unter obwaltenden Umständen ganz aus dem Staatsdienste entlassen zu werden. Meine Tante suchte gleich den Minister auf, stellte ihm meine Unschuld vor, bat ihn um Abänderung der über mich verhängten Strafe, erhielt aber zur Antwort, er habe die

Angelegenheit dem Kaiser nach den an ihn gelangten officiellen Berichten unterlegt und sei nicht im Stande, eine Aenderung zu erwirken. Da nahm mein Oheim, der nachmalige Graf Lütke, Erzieher des Großfürsten Konstantin, die Sache in die Hand, und nachdem der Minister Uwarow seinen Urlaub genommen hatte, machte sein Collega, Fürst Schirinsky-Schichmatow, eine bezügliche Vorstellung dem Kaiser und unterlegte Ihm meinen Wunsch, aus dem Staatsdienste zu scheiden. Der Kaiser genehmigte meine Entlassung aus dem Dienste mit der mir gebührenden Pension, und so ging der in dem Briefe an meine Tante gelegentlich geäußerte Wunsch in Erfüllung. Die Nachricht von all diesen Vorgängen kam mir daher (im Januar 1843) ganz unerwartet zu. Der Curator aber war darüber höchst ungehalten und zwar, wie ich später erfuhr, aus dem Grunde, weil er die Absicht hatte, nach Ablauf eines Jahres meine Zurückberufung nach Dorpat zu veranlassen.

Den Sommer zuvor hatte ich mit meiner Familie in Reval zugebracht, um die Seebäder zu brauchen. Es hatte mir dort so wohl gefallen, daß wir schon damals den Plan faßten, nach 5 Jahren, wo ich den Dienst zu quittiren beabsichtigte, ganz nach Reval überzusiedeln. Dieser Plan kam nunmehr schon jetzt zur Ausführung, und bereits Ende Februar reiste ich nach Reval ab, wohin mir meine Familie im März folgte.

Am Tage meiner Ankunft in Reval erhielt ich den Besuch von zwei Gliedern des Raths, welche an mich die Anfrage richteten, ob ich nicht geneigt sei, das Amt eines Stadt-Syndicus zu übernehmen. Dieses Amt war, vereinigt mit dem eines Bürgermeisters, von dem kurz vorher verstorbenen Salemann bekleidet worden. Nach dessen Tode hatten die Glieder, welche bei der Wahl des Syndicus eine Stimme (veto) hatten, beim

Rathe gegen die Wiedervereinigung beider Aemter Verwahrung eingelegt. Da ich mich zur Uebernahme des Amtes bereit erklärte, wurde ich im März zum Syndicus gewählt und als solcher im Rathe feierlich eingeführt. Ich lebte mich in die neuen Verhältnisse sehr schnell ein und war glücklich, das in mich gesetzte Vertrauen in dem Grade zu gewinnen, daß nach dem Tode des Bürgermeisters Jordan im Laufe des Jahres 1843 die Gilden beim Rathe die Erklärung abgaben, daß sie gegen die Vereinigung des Syndicats mit dem Bürgermeisteramte keine Einsprache mehr erheben wollten. In Folge dessen wurde ich im Mai desselben Jahres zum rechtsgelehrten Bürgermeister und gleichzeitig zum Präsidenten des Stadt-Consistoriums berufen und in letzterer Stellung Allerhöchst bestätigt. So war ich denn auch als Staatsdiener vollständig rehabilitirt. Sieben Jahre hinter einander bin ich wortführender Bürgermeister gewesen und wiederholt in städtischen Angelegenheiten theils nach Riga, theils nach St. Petersburg, sowie auch zum Jubiläum der Universität Dorpat delegirt worden. Meine bezügliche Wirksamkeit in allen diesen Fällen ist actenkundig. Vielleicht ist es nicht unangemessen, hier zu bemerken, daß die Erfahrungen, welche ich beim Dorpater Rathe gemacht hatte, in mir den Entschluß herbeiführten, die mir als Syndicus amtlich obliegenden schriftlichen Arbeiten ungesäumt vorzunehmen, so daß ich mit seltenen Ausnahmen von Sitzung zu Sitzung reinen Tisch hatte.

Meine Aemter ließen mir übrigens noch Zeit genug zu wissenschaftlichen Studien übrig, bei denen mir das alte Rathsarchiv den größten Dienst leistete. Ich fand dasselbe ziemlich verwahrlost und in größter Unordnung in dem Archivkeller des Raths vor. Ich brachte die einzelnen Urkunden, Acten und Actenstücke, nachdem sie gehörig gereinigt worden, in chronologische Ordnung, sowie in dazu angefertigte Blechkasten unter, welche in einem Schranke der Stadt-Kämmerei aufgestellt wurden. Dieses reiche Archiv bildete die Grundlage zu meinem Urkundenbuche, über dessen Entstehung und Weiterführung die Vorreden zu den drei ersten Bänden ausführliche Kunde geben. In der Zwischenzeit arbeitete ich eine Einleitung in die Rechtsgeschichte und Geschichte der Rechtsquellen der Ostseeprovinzen aus, sowie eine Darstellung des kurländischen Privatrechts, für welches letztere mir eine Sammlung von Präjudicaten des kurländischen Oberhofgerichts große Dienste leistete, welche der Ober-Hofgerichtsrath v. d. Howen zusammengestellt und dessen Sohn, der nachmalige Präsident des Ober-Hofgerichts, mir zur Verfügung gestellt hatte.

Im Jahre 1848 wurde ich von der II. Abtheilung der eigenen Kaiserlichen Kanzlei beauftragt, einen Abriß der Geschichte des Privatrechts und Prozesses der Ostseeprovinzen auszuarbeiten, und entledigte ich mich dieses Auftrages im Laufe der Sommermonate, für welche Zeit ich Urlaub genommen hatte.

Zu meinen literarischen Arbeiten in Reval gehörte endlich auch die mit dem Baron R. v. Toll gemeinschaftlich herausgegebene Ehst- und Livländische Briestade.

Während meines letzten Aufenthaltes in St. Petersburg erhielt ich vom Grafen Bludow, dem Chef der eigenen Kanzlei des Kaisers, den ehrenvollen Auftrag, in diese Abtheilung als Oberbeamter einzutreten und das Privatrecht der Ostseeprovinzen, in welchem seit Jahren ohne genügenden Erfolg gearbeitet worden war, zu codificiren. Der oben erwähnte Entwurf des Landraths Samson v. Himmelstiern war an verschiedene Behörden der Ostseeprovinzen in lithographirter Darstellung gesandt worden, mit dem Auftrage, Bemerkungen darüber einzusenden. Letztere waren in solcher Masse eingegangen, daß deren Sichtung einem besonderen Comité anvertraut werden mußte, zu welchem von den Ritterschaften und den Hauptstädten der Ostseeprovinzen sachkundige Delegirte als Mitarbeiter berufen wurden. Im Laufe von 2 bis 3 Jahren kam dieses Comité mit den Entwürfen: 1) eines Ständerechts, 2) einer Gerichtsverfassung, 3) des Privatrechts und 4) des Civilprozesses zu Stande. Die beiden ersten Theile gelangten an den Reichsrath und erhielten im Jahre 1850 die Allerhöchste Bestätigung. Das Privatrecht und der Civilprozeß wurden zwar in wenigen Exemplaren gedruckt, aber als so ungenügend befunden, daß deren Umarbeitung nöthig erschien, zumal in diesen Entwürfen die Quellen, auf denen die einzelnen Artikel beruhten, nicht angegeben waren. Diese Arbeit war es, die mir übertragen werden sollte und mich bestimmte, dem Rufe des Grafen Bludow Folge zu leisten.

Im October 1856 siedelte ich nach St. Petersburg über und erhielt zunächst den Auftrag, einen Plan für die Bearbeitung des Privatrechts vorzulegen. Ich entwarf zwei Pläne; nach dem einen sollte für jedes der Rechtsgebiete der Provinzen ein besonderer Codex der jedem eigenthümlichen Bestimmungen und demnächst ein Codex des in allen Rechtsgebieten gleichmäßig geltenden gemeinen Rechts ausgearbeitet werden. Nach dem anderen Plane sollten nach Materien die in allen Rechtsgebieten geltenden Rechtsgrundsätze vereinigt dargestellt werden, so daß in jedem Abschnitte das jedem Rechtsgebiet Eigenthümliche und das in allen gemeinsam Geltende zusammengefaßt werden sollte, überall mit Angabe der Quellen, auf welchen die einzelnen Rechtssätze beruhten. Graf Bludow entschied sich für den letzteren Plan. Ich arbeitete an dem schwierigen Werke eine Reihe von Jahren hindurch, wiewohl nicht ohne Unterbrechungen. Letztere wurden theils dadurch herbeigeführt, daß mir die Begutachtung einzelner Rechtsfragen, welche aus den baltischen Provinzen an die höheren Reichsinstanzen gelangt waren, übertragen wurde, was nicht selten geschah, theils durch Aufträge anderer Art, wohin vor Allem eine Reise nach Gotha gehörte.

Es hatte nämlich die verwittwete Herzogin Marie von Sachsen-Coburg in Gotha ein Testament errichtet, in welchem sie den zweiten Sohn Sr. Majestät des Kaisers zum Erben eingesetzt, und der Kaiser hatte, ohne vom Inhalt des Testaments Kenntniß zu haben, auf Bitte der Herzogin, die Erbschaft für seinen Sohn antreten zu wollen, sich dazu bereit erklärt. Als nach dem Tode der Herzogin im Herbste 1861 das Testament nach Petersburg gelangte, fand sich, daß durch dasselbe der Erbe mit einer Reihe von Vermächtnissen belastet war, deren Durchführung und Erledigung auf mehr als ein Menschenalter sich erstreckte, indem einer Reihe von Personen Pensionen ausgesetzt waren, deren Auszahlung an verschiedene lästige Bedingungen geknüpft war. Ich erhielt den Auftrag, über diese Angelegenheit, insbesondere über die Frage, in wie weit der Kaiser an sein Wort rechtlich gebunden sei, ein Gutachten abzugeben. Dieses fiel dahin aus, daß kein Rechtsgrund den Kaiser an sein Versprechen binde, daß aber, falls Se. Majestät sich moralisch für gebunden halte, es vielleicht möglich wäre, die Angelegenheit kurzer Hand zu erledigen. Ueber den letzteren Punkt wurde von mir abermals ein Gutachten verlangt, welches dahin ging, mit den Pensionären in Unterhandlung zu treten und sie zu vermögen, statt der Pension sich durch Leibrenten oder Capitalabzahlung befriedigen zu lassen. Der Vorschlag erfreute sich der Genehmigung des Kaisers, und ich wurde, mit zwei weitgehenden Vollmachten versehen, nach Gotha delegirt, um die Sache an Ort und Stelle zu erledigen. In den letzten Tagen des December trat ich die Reise an, fand bei den Herzögen von Gotha und von Würtemberg und der Gesellschaft von Gotha eine günstige Aufnahme, und es gelang mir, nicht ohne Ueberwindung mancher Schwierigkeiten (da namentlich Minderjährige betheiligt waren) die Angelegenheit glücklich zu Ende zu führen. Erst Ende Juni konnte ich wieder nach Petersburg zurückkehren und mich Sr. Majestät dem Kaiser vorstellen, welcher alle meine Schritte Allergnädigst genehmigte und mich aufs huldreichste entließ.

Ich nahm meine Arbeit wieder auf, und zwar fand ich Veranlassung, über eine Reihe von zweifelhaften und bestrittenen Rechtsverhältnissen Gutachten zu entwerfen, welche durch den Reichsrath gingen und durch Allerhöchste Bestätigung Gesetzeskraft erhielten. Nachdem sodann die ganze Arbeit im Laufe des Jahres 1864 beendigt war, schlug ich dem Grafen Bludow vor, den Entwurf in einigen Exemplaren an die höchsten Provinzial-Gerichtshöfe, an die Ritterschaften der Provinzen, an die Juristen-Facultät in Dorpat und an mehrere namhafte Rechtsgelehrte der Provinzen behufs Einziehungen von Bemerkungen zu versenden. Solche Bemerkungen liefen im Laufe eines Jahres in großer Zahl ein und wurden von mir allmählich zur Ergänzung und Berücksichtigung des ersten Entwurfs benutzt. In der Zwischenzeit war Graf Bludow gestorben und der Baron Modest Korff an seine Stelle getreten. Unter dessen specieller Leitung begann nunmehr die Uebersetzung des deutsch verfaßten Entwurfs ins Russische, sowie der Druck beider Entwürfe. Die Uebersetzung hatte wegen der vielen neu zu schaffenden technischen Ausdrücke nicht wenig Schwierigkeiten bereitet, welche aber bei dem Reichthum und der Biegsamkeit der russischen Sprache, sowie der gründlichen Kenntniß derselben von Seiten Korffs allmählich überwunden wurden. Es entstand nunmehr die Frage, ob das vollendete Werk noch durch den Reichsrath gehen oder ohne Weiteres dem Kaiser zur

Bestätigung vorgelegt werden sollte. Se. Majestät der Kaiser setzte zur Begutachtung dieser Frage eine Commission nieder, bestehend aus dem Präsidenten des Reichsraths Fürsten Gagarin, dem Baron Korff, dem Justizminister Geheimrath Samjätin und dem früheren General-Gouverneur der Ostseeprovinzen Fürsten Suworow. Diese entschied sich mit Stimmenmehrheit dahin, daß, da das Werk nur eine Redaction bestehenden Rechts und kein neues Gesetz sei, dessen Bestätigung durch den Reichsrath nicht erforderlich, von einer solchen Bestätigung abgesehen werden könne. Dem beistimmend vollzog Se. Majestät der Kaiser im November 1864 die Allerhöchste Sanction. So erhielt meine Arbeit mit dem 1. Januar 1865 Gesetzeskraft. Aus den Ostseeprovinzen wurde mir in Folge dessen eine Reihe Ovationen zu Theil. Ich wurde von den Ritterschaften Ehstlands und Kurlands zum Mitgliede ihrer Corporationen, von den Städten Riga und Reval zum Ehrenbürger ernannt und erhielt mehrfache Dankadressen, von Sr. Majestät dem Kaiser aber eine Arrende auf 12 Jahre.

Neben meiner hauptsächlichsten Aufgabe nahm ich übrigens auch an den Arbeiten der Reichsgesetzgebung vielfachen Antheil. Insbesondere wurde ich mit dem Entwurfe einer Notariats-Ordnung, desgleichen einer Testaments-Ordnung für das Reich betraut, sowie mit einer Kritik des Entwurfes eines Reichs-Civilprozesses.

Die anstrengenden Arbeiten und das Klima St. Petersburgs hatten meine Gesundheit so sehr angegriffen, daß ich im Mai 1865 mich veranlaßt sah, meine Entlassung aus dem Staatsdienste zu erbitten, welche mir denn auch am 28. Mai von Sr. Majestät in den allergnädigsten Ausdrücken bewilligt wurde, wobei der Kaiser die Erwartung aussprach, daß ich bei wiederhergestellter Gesundheit wieder in Dienst treten werde, für welchen Fall ich Mitglied der höchsten Gerichtsinstanz im Senate werden sollte.

Im August siedelte ich mich mit meiner Familie nach Gotha über, da ich daselbst schon einen Kreis von Bekannten hatte und blieb dort über 13 Jahre, um mich im März 1879 nach dem milden Klima Wiesbadens zu begeben. In Gotha vollendete ich zunächst den VI. Band meines Urkundenbuches, arbeitete sodann meine Geschichte des Gerichtswesens und Gerichtsverfahrens der Ostseeprovinzen um und schrieb eine Reihe von Monographien zur Rechtsgeschichte der Provinzen. Zuletzt machte ich mich an eine nochmalige Revision meines Urkundenbuches bis zum Jahre 1300. Dies ist mein letztes Werk, welches ich auch nur mit Hülfe meines Freundes Leonhard Napiersky beenden konnte, da meine Augen, die ich in meinem langen Leben über das Maß angestrengt hatte, den Dienst versagten. So lebe ich denn seit dem Jahre 1881, des Lesens und Schreibens kaum mächtig, vielfach kränkelnd in unfreiwilliger Muße.

Aus der Dorpater Zeit kann ich noch nachtragen, daß ich die beiden Werke meines Freundes Reinhold v. Helmersen auf dessen Ansuchen nach vorgängiger Berathung mit ihm vorzugsweise in stilistischer Beziehung vor dem Drucke durchgearbeitet habe.

Als Docent habe ich gerade nicht viel geleistet, da mir die Gabe des lebendigen, freien Vortrages abging, und wenn meine Vorlesungen dennoch von den Studirenden ziemlich fleißig besucht wurden, so kann ich dies zunächst dem Interesse des Gegenstandes beimessen. Mehr habe ich als Schriftsteller gewirkt und darf sagen, daß seit meinem literarischen Wirken sowohl die akademischen Arbeiten der Studirenden (Gradualschriften), als auch die Werke anderer Rechtsbeflissener ihren Stoff vorzugsweise dem Provinzialrechte entnahmen.

Da ich öfters über meine Art zu arbeiten befragt worden bin, so erlaube ich mir schließlich auch hierüber Einiges zu bemerken. Wenn ich eine literarische Arbeit ins Auge gefaßt hatte, sammelte ich vor Allem die auf das Thema bezüglichen Quellen und machte aus diesen gedrängte Auszüge, welche ich nach einander nummerirte. Sodann entwarf ich einen systematischen Grundriß und trug in diesen bei jeder Rubrik die Nummern der bezüglichen Quellenauszüge ein. Hierauf studirte ich die auf das Thema sich beziehenden germanistischen Schriften und erst, wenn ich auf diese Weise den Gegenstand in allen Beziehungen beherrschte, machte ich mich an die Ausarbeitung der Schrift, wobei natürlich die Quellen selbst nochmals zu Rathe gezogen wurden. Den Tag über wurde fast nur gelesen und notirt, und erst am Abend ging die Darstellung des Textes fließend in möglichst gedrängter Form mit Leichtigkeit vor sich, so daß nur selten eine Nachhülfe oder Correctur nöthig war. Am folgenden Morgen wurden dann die Anmerkungen, Quellencitate und kleine Ausführungen enthaltend, nachgetragen.

Nachträge.

1. Bunge's Vorfahren.

Durch eine Notiz, die der Herausgeber in einer deutschen Zeitung fand, darauf aufmerksam gemacht, fragte er bei Bunge an, ob seine Familie aus Deutschland stamme, und erhielt darauf folgende Antwort:

„Der Name Bunge kommt in Deutschland nicht selten vor, auch in Schweden, und gegenwärtig sind zwei bedeutende Bankhäuser, die diesen Namen führen, in Amsterdam und in Rotterdam. So viel ich durch Briefwechsel und persönliche Beziehungen habe ermitteln können, ist meine Familie mit der der Rotterdamer höchst wahrscheinlich sehr nahe verwandt. Diese Familie stammt aber vom Mittelrhein, zunächst aus Düsseldorf her. Mein Großvater Georg Friedrich siedelte nach Rußland über und ließ sich in Kiew nieder, und von ihm stammen alle in Rußland lebenden Bunges ab."

Ein Beleg für die Annahme, daß die Bungeschen Vorfahren vom Mittelrhein stammen, liegt u. A. auch in der Thatsache, daß der Leiter einer chemischen Fabrik an dem in der Nähe von Neuwied belegenen Fabrikorte Honningen ein Dr. Bunge ist.

2. Aus Bunges Schüler- und Studentenzeit.

Der erste Lehrer Bunges in der lateinischen Sprache ist ohne Zweifel der spätere Dr. phil. Johann Michael Hausmann gewesen, der, wie sich aus dem letzten Album academicum ergiebt, aus Kurland stammte und in den Jahren 1811—13 in Dorpat Theologie studirte, als Privatdocent der Mathematik mathematische Vorträge an der Universität hielt, später Vorsteher einer Erziehungsanstalt in Kiew, dann Oberlehrer an den Gymnasien von Riga und Mitau wurde und als solcher pensionirt 1864 in Riga gestorben ist.

Daß es Bunge, wenn er sich auch, wie er sagt, dem Studentenleben fern hielt, an gleichaltrigen Freunden, die ihm innig ergeben waren, nicht fehlte, ergiebt sich aus seinem Stammbuche. Einiger dieser Blätter mag hier Erwähnung geschehen. Sie sind fast alle vom Jahre 1819, also demselben, in dem Bunge Jurist wurde, und aus Dorpat datirt; einige tragen das Datum St. Petersburg und zwei das Jahr 1822. Den studentischen Umgangskreis bildeten meist Livländer und speciell Rigenser, und fast nur Juristen.

Ich hebe von diesen Blättern folgende hervor:

a) Christian Friedrich Pickardt (war zuletzt Ober-Notär des Rigaschen Raths, † 1869 in Kösen) schreibt am Schlusse seines Blattes: „Erinnere Dich oft der frohen Augenblicke, die wir im Kreise gleichgesinnter Freunde verlebten; sie werden mir ewig unvergeßlich sein. Erinnere Dich unserer Spatziergänge in den Umgebungen Dorpats, unserer fidelen Petersburger Reise. Gedenke Deines aufrichtigen und herzlich Dich liebenden Freundes und Bruders."

b) Der Rigenser und Theolog Adolph Albanus (war Prediger zu Dünamünde und Zarnikau, legte 1848 das Predigt=

amt nieder und gründete eine Erziehungsanstalt, † 1856) bemerkt zum Schluß: „Nur kurze Zeit kannten wir uns, aber sie war hinreichend, um Dich als einen wackeren Kerl kennen zu lernen."

c) Peter Casimir Baron v. d. Pahlen (war Besitzer des Gutes Fehteln in Livland und Kreisrichter, † 1880) citirt ein Dichterwort, in welchem von dem Liebes-Mai des Jünglings die Rede ist, in dem seine Seele zittert und der Liebe huldigt, und schließt dann: „Wenn Du, guter Bunge, einst **gezittert** und **gehuldigt** hast und aus einem friedlichen Familienkreise, in dem Du Dich beglückt fühlst, in die Vergangenheit blickst, dann gedenke ꝛc."

d) Originell ist das Symbolum auf dem Stammbuchblatte des aus Riga stammenden Juristen August Edmund Lado (war Notär des Rigaschen Wettgerichts, † 1830); es lautet: „Studire die Ukasen, in ihnen liegt der Stein der Weisen."

e) Ludwig Ferdinand Kunzendorff aus Mitau, stud. jur. († als notarius publicus in Mitau 1872), schreibt: „Gleich sei keiner dem andern, doch gleich sei jeder dem Höchsten. Wie das zu machen? Es sei jeder vollendet in sich. Bei Lesung dieser Zeilen, lieber Bunge, gedenke Deines Freundes und akademischen Bruders L. F. K."

f) Von seiner Verwandten Sophie Fuhrmann stammt nachstehendes Blatt, datirt Petersburg 1. August 1819:

«Tu veux que ce papier fragile
Me rapelle à ton souvenir
Mais du tems la main agile
Effacera ce vain plaisir.
Garde moi plutot une place
Dans ton coeur aimable ami
Dans cet album rien ne s'efface
Ce souvenir est pour la vie.»

g) Der Rigenser und Student der Theologie Carl Gerhard Kieseritzky († als Privatlehrer in Dorpat 1843) citirt das Wort „Dum licet in rebus jucundis vive beatus" und knüpft daran den Wunsch: „Empfangen Sie diesen herzlichen Wunsch als ein freundschaftliches Andenken von Ihrem scheidenden Freunde und akademischen Bruder C. G. K."

h) Der Livländer und Jurist Paul Frantzen († als Secretär des Wolmarschen Raths 1835) schreibt Bunge ins Stammbuch: „So stehen denn auch wir am Scheidewege — Bruder! Wie manche Stunde, die uns Freundschaft und Liebe gegenseitig zu denen der schönsten im menschlichen Leben erhob, haben wir beisammen verlebt. O! ihr werdet mir stets unvergessen sein und oft noch wird der Rückerinnerung sanfter Strahl lieblich vergangene Augenblicke vor meine Seele führen. Ach! dahin, dahin sind sie."

i) Obgleich nicht in Bunges Studentenzeit fallend, mag hier noch zum Schluß, da es sich in demselben Stammbuch befindet, ein Blatt des berühmten Sprachforschers und Akademikers Sjögren wörtlich wiedergegeben werden; es lautet:

„Vera et sapiens animi magnitudo honestum illud, quod maxime naturam sequitur, in factis positum, non in gloria judicat." Diesem Citat aus Cicero, de officiis (Bd. I. Cap. 19, § 65) folgen die Worte: „His Ciceronis verbis Tuae, vir doctissime et dignissime, memoriae me grato animo commendo, Tibi ommia fausta et felicia exoptans." Das Blatt ist aus Reval den 28. Mai 1846 datirt.

B. Bunge als Docent und Professor.

Das Vorwort zu seiner später im Druck erschienenen Candidatenschrift „Wie und nach welchen Regeln müssen die in

Livland geltenden Gesetze interpretirt werden?" ist für den Verfasser zu charakteristisch, als daß es nicht hier seinem Wortlaute nach wiederholt werden sollte. Es lautet: „Mit Schüchternheit übergebe ich dem Publicum diesen ersten schriftstellerischen Versuch! Meine akademischen Studien führten mich auf die große Verworrenheit der vorliegenden Materie und auf die Uneinigkeit der Meinungen über dieselbe, und dieses veranlaßte mich zu der Untersuchung, deren Resultate die folgenden Blätter enthalten. Sollte ich geirrt haben, so bitte ich um gefällige Nachsicht: jede gütige Zurechtweisung wird mir herzlich willkommen sein. Dorpat, d. 8. Juli 1822. Der Verfasser."

Auf dem Titelblatte seines Buches „Ueber den Sachsenspiegel als Quelle ꝛc." nennt sich Bunge schon „Doctor der Rechte und Privatdocent des liv-, ehst- und kurländischen Provinzialrechts".

Was dem Docenten Bunge wohl mit am meisten Aerger und Verdruß bereitet, gleichzeitig aber auch mit dazu beigetragen hat, ihn in der Gelehrtenwelt Deutschlands bekannt zu machen, waren die an ihm von Professor Nietzsche und Landrath Samson begangenen Plagiate. Um sich ein möglichst selbständiges Urtheil in diesem gelehrten Streite zu verschaffen, wird mancher Leser der Biographie es gewiß willkommen heißen, wenn er in Nachstehendem einigen quellenmäßigen Notizen in diesen Sachen begegnet.

a) Nietzsches Plagiat.

Wir sind in dieser Angelegenheit ganz auf die (damals in Halle erscheinende „Allgemeine Literatur-Zeitung" und zwar auf das Intelligenzblatt derselben vom Jahre 1832 N: 93 gewiesen. Am Schluß desselben befindet sich eine Dorpat im October 1832 datirte, von Bunge unterschriebene „Danksagung an den Herrn Professor Dr. F. A. Nietzsche in Leipzig". Im

Eingange derselben spricht Bunge davon, daß er im Januar 1831 den handschriftlichen Entwurf zu einer Abhandlung über die älteren Quellen des livländischen Rechts an Prof. Homeyer in Berlin geschickt und ihn zugleich gebeten habe, den Aufsatz dem Dr. Nietzsche zuzuschicken, weil dessen Ansicht darüber ihm auch sehr erwünscht sei. Im Mai desselben Jahres habe er von Nietzsche einen Brief folgenden Inhalts bekommen: Ew. remittire ich an= durch Ihre mir mitgetheilte Abhandlung mit dem verbindlichsten Danke für die vielfache Belehrung, die Sie mir aus diesem eben so gelehrten und gründlichen, als geistreichen Aufsatze zu schöpfen verstatteten. Ihre Arbeit ist ganz in dem Geiste ge= schrieben, in dem ich versuche die Rechtsgeschichte sämmtlicher deutscher Provinzen zu bearbeiten, und Sie können sich daher denken, mit welchem Heißhunger ich so viel Treffliches, als Sie bieten, in meine Collectaneen eingetragen habe. Recht bald wünsche ich Ihre Abhandlung etwa im Rheinischen Museum oder in Mittermaiers Zeitschrift für Rechtswissenschaft des Aus= landes gedruckt zu sehen, denn ich würde es für einen großen Verlust erachten, wenn Sie sich aus unbegreiflichen Gründen zu einer Unterdrückung entschließen sollten u. s. w." — Bunge fährt dann seinerseits fort: "Wie groß diese Besorgniß des Herrn Dr. Nietzsche gewesen, ersah ich aus dem mir kürzlich zu Gesicht gekommenen „Programma de juris Livonici fontibus", welches derselbe als Einladungsschrift zu seiner am 5. No= vember 1831 gehaltenen Antrittsrede als Professor in Leipzig drucken lassen und worin er — zum Beweise, wie sehr es ihm mit dem obigen Lobe meiner Abhandlung Ernst gewesen — dieselbe in einer auszugsweisen Uebersetzung in's Lateinische der Bekanntmachung unter seinem Namen würdigt. Ich fühle mich gedrungen, ihm sowohl für diese große Mühe, die er dadurch auf sich genommen, als auch für das hohe Vertrauen hiermit öffentlich Dank zu sagen, welches er in die Resultate meiner mehrjährigen Forschungen setzte, indem er z. B. „unsere Meinung" schlechthin durch „mea sententia" übersetzte und überhaupt meine Ansichten getrost in sein Werklein aufnahm, ohne meiner als seines Gewährsmannes zu erwähnen. — Aber Herr Dr. Nietzsche hat sich noch andere Verdienste um meine Arbeit erworben u. s. w." — Es folgt nun eine Menge von speciellen Nachweisen des begangenen Plagiats, daneben auch solche, welche für die crasse Unwissenheit des Dr. Nietzsche auf dem Gebiete alt-livländischen Rechts sprechen. — Der Schluß der Bungeschen „Danksagung" lautet: „Doch dies mag genügen, um den Geist anzugeben, in welchem Herr Dr. Nietzsche die Rechtsgeschichte auch der übrigen deutschen Länder bearbeiten will. Man muß dazu dem germanistischen Publicum und insbesondere denjenigen Germanisten gratuliren, welche etwa auch, wie ich, diesem genialen Manne ihre Arbeiten zur Ansicht und Beurtheilung mitgetheilt haben."

b) Samsons Plagiat.

Leider ist es dem Herausgeber nicht gelungen, in den Besitz derjenigen Nummer der Allgemeinen Literatur-Zeitung vom Jahre 1830 zu kommen, in der sich Bunges Recension des Samsonschen livländischen Erbschafts- und Näherrechts befindet. Er muß sich daher aus der Bungeschen Arbeit „Geschichtliche Entwickelung der Standesverhältnisse in Liv-, Ehst- und Kurland bis zum Jahre 1561" und aus seiner „Erklärung" in № 21 des „Inlandes" einiges Material zur Beurtheilung des in Rede stehenden Plagiats zusammenstellen.

In dem Vorwort der im Jahre 1838 erschienenen — und unvollendet gebliebenen — Arbeit erklärt Bunge, daß besondere Gründe ihn veranlaßt hätten, seine Bearbeitung der liv-, ehst- und kurländischen Rechtsgeschichte schon im Jahre 1838 und im Wesentlichen unverändert in der Gestalt herauszugeben, wie er sie vor bereits 4 Jahren niedergeschrieben habe. Diese besonderen Gründe lagen im Samsonschen Plagiat. Bunge spricht sich in № 21 des „Inlandes" von 1836 darüber im Wesentlichen folgendermaßen aus. In Veranlassung seiner Recension der Samsonschen Arbeit in der „Allgemeinen Literatur-Zeitung" habe Samson eine in höchst leidenschaftlichem Tone verfaßte Broschüre drucken lassen und von derselben, ohne daß sie in den Buchhandel gekommen, einzelne Exemplare vertheilt, so daß sie Bunge erst vor wenig Tagen aus Freundes Hand zu Gesichte gekommen sei. Wenn der Landrath Samson es mit seiner eigenen Ehre verträglich finde, sich in einem wissenschaftlichen Streite solcher Waffen zu bedienen, als es in jenem Blatte geschehen, so halte er, Bunge, es jedenfalls unter seiner Würde, darauf zu antworten. So sehr er jeden Fortschritt in der Wissenschaft mit Freuden begrüße, so könne er einen solchen Fortschritt in der Samsonschen Arbeit nicht anerkennen, da sie sich auf eine Praxis berufe, welche von der Theorie nicht gebilligt werden könne. Der Schluß der Bungeschen „Erklärung" im „Inlande" l. c. lautet in seinem Eingange: „Endlich kann ich es nur bedauern, daß der Landrath Samson zu dem unwürdigen und unsicheren Mittel gegriffen, sich nachgeschriebene Hefte meiner Zuhörer geben zu lassen und auf Grundlage einzelner Bruchstücke aus denselben — die er abdrucken lassen — seine Widerlegungen zu bauen."

Zur Ulmannschen Ovation ist Folgendes nachzutragen.

Alle vier damals bestehenden Corporationen betheiligten sich durch Delegirung von je 3 Chargirten an dieser Ovation. Die „Estonia" war damals die präsidirende im Chargirten-Convente; ihr gebührte also auch der Vortritt. Von ihren

Chargirten war es der stud. med. Carl Riesenkampff († als Arzt des Wolhynischen L.-G.-Regiments in Petersburg 1849), der bei Ueberreichung des silbernen Bechers die Anrede an Ulmann hielt.

Von den Professoren, welche ziemlich gleichzeitig mit Bunge Dorpat verließen, zog

Ulmann (Carl Christian) zuerst nach Engelhardtshof im Cremonschen Kirchspiele, dann 1844 nach Riga, wo er in demselben Jahre Rath in der Oberschulbehörde wurde. Im Jahre 1856 wurde er zum Vice-Präsidenten des General-Consistoriums ernannt, wohnte der im August desselben Jahres stattgehabten Krönung in Moskau bei und erhielt 1858 die Würde eines evangelisch-lutherischen Bischofs. Er starb in Walk 1867.

Volkmann (Alfred Wilhelm), welcher 1837 zur Uebernahme des Katheders für Physiologie nach Dorpat berufen war, zog zunächst nach Leipzig, von wo er Ende 1843 gleichfalls als Professor der Physiologie nach Halle kam. Als solcher wirkte er dort noch mehrere Jahre. Er starb in Halle 1877.

Madai (Carl Otto v.), der 1837 die Professur des römischen Rechts in Dorpat übernommen hatte, wurde nach seinem Weggange aus Dorpat Privat-Secretär der Herzogin Elisabeth von Nassau, 1845 Professor in Kiel, 1848 Gesandter der provisorischen Regierung Schleswig-Holsteins beim deutschen Bunde, ging aber in demselben Jahre als Professor der Rechte nach Freiburg, von da in gleicher Eigenschaft nach Gießen, wo er im Jahre 1850 starb.

4. Bunge in Reval.

Der Aufenthalt Bunges in Reval fällt in die Jahre 1843—1856, hat also 13 Jahre gewährt. Als im April 1843 nach dem Tode des Bürgermeisters und Syndicus Carl Johann Salemann der Rathsherr Dr. August Christian Jordan sein Nachfolger im Bürgermeisteramte und dadurch das Syndicat frei wurde, erging an den kurz vorher in Reval eingetroffenen Bunge die Aufforderung zur Uebernahme des Syndicats. Diese Aufforderung übermittelten Namens des Revalschen Raths die Glieder desselben Rathsherren Alexander Koch († 1867) und Joachim Heinrich Hippius († 1847). Am 23. April fand die förmliche Einführung und Vereidigung statt. Das Protokoll dieses Tages ist das erste, welches Bunge unterschrieben hat. — Nach Jordans Tode wurden am 14. März 1844 vom Consilium Consulum (Bürgermeister-Collegium) der Rathsherr Gonsior und Syndicus Bunge dem Rathe als Candidaten zum erledigten Bürgermeisterposten präsentirt und Letzterer gewählt. Uebrigens hat dessen Zugehörigkeit zum Rathe weit länger gedauert, als sein Aufenthalt in Reval. Nachdem er schon nach Petersburg übergesiedelt war, erhielt er seine förmliche Entlassung erst im Jahre 1858.

Um eine bessere Uebersicht über Bunges umfangreiche und mannigfaltige Thätigkeit während seines mehrjährigen Aufenthaltes in Reval zu gewinnen, erscheint es rathsam, sie unter besondere Gesichtspunkte zu bringen, und hätten wir dann zuerst in Kürze uns zu vergegenwärtigen:

a) Seine Thätigkeit als Administrator und Richter.

Es lag eben so sehr in der ganzen damaligen Zeitlage, welche Reformen und Veränderungen selbst auf dem Gebiete communaler Zustände nur wenig kannte, als auch in Bunges ganzer Anlage und Befähigung, daß, wenigstens zu Anfang seiner Amtsthätigkeit, Verwaltungs-Sachen von ihm nur so weit gefördert wurden, als es durchaus nothwendig war. Bunge war und blieb mehr Gelehrter als Administrator; als solcher hat er höchstens in den letzten Revaler Jahren etwas Nennenswerthes geleistet. Seine besondere Begabung zu codificatorischen Arbeiten und seine großen Verdienste auf diesem Gebiete werden weiter unten beleuchtet werden. Daß er dagegen, was ihm als Syndicus zunächst oblag, ein vorzüglicher Richter war, wie es die vielen von ihm geschriebenen Urtheile, namentlich in Civil-Sachen beweisen, kann nicht Wunder nehmen, hing dies doch mit seiner ganzen Vergangenheit aufs Engste zusammen.

Eine wahre Fundgrube für gelehrte Forschungen eröffnete sich ihm im alten Rathsarchive. Bald nach Antritt seines neuen Amtes — am 11. Mai 1843 — erbat er sich die Erlaubniß, in Rede stehendes Archiv in Ordnung bringen zu dürfen. Die großen Schätze desselben lagen meist im Kellergewölbe wie Kraut und Rüben durch einander; seit Jahren hatte sie keine Hand berührt. Schon am 19. Januar 1844 konnte Bunge dem Rathe ein Exemplar seiner Abhandlung unter dem Titel „Nachrichten über das alte Archiv in Reval" überreichen, und am 9. März bewilligten Rath und Gilden zu Archivzwecken eine Subvention von 400 Rbl. aus Stadtmitteln. Nun begann erst eine mühevolle Arbeit, die bekanntlich Jahre lang gedauert hat. Zunächst mußten die alten Urkunden, Protokolle, Bücher und Schreiben von Schmutz aller Art gereinigt und dann aus dem Keller nach oben gebracht werden. Dort begann die schwierigere, wissenschaftliche Arbeit. Um sie beginnen zu können, mußte Bunge, wie er selbst erzählt, Blechkasten anfertigen und diese in einem feuerfesten Raume, wo allerlei Schätze, als: Privilegien-Bestätigungen der verschiedenen Regenten, Briefe von Luther, Silbergeräthe ꝛc. aufbewahrt wurden und welcher „die Kämmerei" hieß, in besonderen, dazu aufgestellten Schränken placiren. Nun erst ging es an das Entziffern der Urkunden und das Bestimmen ihres Alters, Ursprungs und Inhalts. Doch ist hier nicht der Ort, die von Bunge der Geschichtschreibung damit erwiesenen Dienste zu würdigen.

Kehren wir zur Verwaltungsthätigkeit Bunges zurück. Sie bestand ziemlich gleich am Anfang derselben u. A. in einer Reise, die er am 11. October 1845 nach Riga machen mußte, um als Glied einer Commission zur Anfertigung eines Entwurfs eines Rekruten-Reglements für die Ostsee-Provinzen mitzuwirken.

Im Jahre darauf nahm der bisherige Oberpastor an der St. Olai-Kirche, Superintendent Meyer seinen Abschied. Bunge, seit 1844 Präsident des Stadt-Consistoriums, lag es besonders ob, Candidaten zur Wiederbesetzung dieser Pfarre dem Rathe zu präsentiren. Der Pastor von Marienburg Dr. Girgensohn (Christoph Heinrich Otto, † in Reval 1869) hatte sich zu dieser Stelle gemeldet und Bunge begünstigte seinerseits die Wahl desselben dergestalt, daß sie erfolgte. Nicht unerwähnt mag hier bleiben, was eigentlich das Motiv dieser Wahl war. In Reval huldigte damals die ältere Generation den Anschauungen des Rationalismus. Von diesen Anschauungen geleitet, sah man das Treiben der Herrnhuter mit scheelen Augen an. Nun wußte man allgemein, Girgensohn sei ein Gegner der Brüdergemeinde. Halt, dachte man im Schoße von Rath und Gilden, das wird für uns der rechte Mann sein. Wie täuschte man sich aber, als es sich bald nach seiner Ankunft erwies, daß er ein auf positivem, biblischem Grunde stehender Prediger sei, der sehr bald mit dem damals nichts weniger als beliebten Diaconus der Olai-Kirche Huhn an einem Strange zog.

Mehr Schererei als Arbeit erwuchs Bunge aus der im Jahre 1848 erfolgten Sendung des Beamten der in Riga tagenden Chanikow-Stackelbergschen Revisions-Commission, des Hofraths Beklemischew. Demselben war die Aufgabe zu Theil geworden, in Reval alle möglichen Erhebungen zu veranstalten, eine Aufgabe, die ihn gegen ein Jahr beschäftigte, und mit ihm vor allen Dingen Bunge. Denn nicht nur die damals bestehenden Zustände waren Gegenstand der Erhebungen, sondern auch die historische Entwickelung derselben, und da war ja vor Allem Bunge der Mann, der Auskunft ertheilen konnte. Speciell war ihm vom Rathe die Aufgabe zugewiesen worden, Genaueres über die Einwohnerzahl Revals während der letzten 5 Jahre zu ermitteln.

Im Jahre 1847 übernahm Bunge das Präsidium im Rathe und blieb bis zum Jahre 1854 Bürgermeister am Wort.

Während dieser Zeit hatte er verschiedene Reisen in städtischen Angelegenheiten nach Petersburg, Riga und Dorpat zu machen.

Der ersten Reise nach Riga ist schon Erwähnung gethan. Am 15. Januar 1852 wurde er auf Bitte der Revalschen Kaufmannschaft in die Residenz delegirt, um dahin zu wirken, daß ein Canal, der für eine Verbindung des finnischen Meerbusens mit dem Peipus-See projectirt wurde, in der Richtung auf Reval gezogen würde. Zu dem im selben Jahre gefeierten 50jährigen Jubiläum der Universität Dorpat ward er zum Vertreter Revals und Ueberbringer einer Adresse bestimmt.

Die Zeit des Krimkrieges ward nicht nur der Stadt Reval und ihren Bewohnern, sondern vor allen Dingen der städtischen Verwaltung und speciell Bunge eine Quelle unausgesetzter Mühen und Sorgen. Die Cholera war noch nicht ganz erloschen, und es mußte für Evacuirung der Stadt-Hospitäler von Kranken und Reconvalescenten gesorgt werden. Zur Deckung der Kriegsbedürfnisse reichten die städtischen Mittel nicht hin, und wurde bei der Staatsregierung um eine unverzinsliche Anleihe von 50,000 Rbl. — die, beiläufig bemerkt, in dieser Form nicht bewilligt wurde — gebeten. Von allen Seiten, namentlich auch von Seiten des Höchstcommandirenden in Ehstland Grafen Berg, ergingen Requisitionen an die städtische Verwaltung wegen Verstärkung der Löschmittel, Eröffnung neuer Poststationen, Beschaffung von Pferden, Stellung von Lazarethbedürfnissen ꝛc. Am 9. März 1854 ertheilte der ehstländische Gouverneur J. v. Grünewaldt dem Revalschen Rathe die Weisung, nicht nur die Kassen und einen Theil des alten Archivs nach Weißenstein zu schaffen, sondern auch als besondere Abtheilung in diese Stadt überzusiedeln. Auch Bunge gehörte zeitweilig zu dieser Abtheilung. Von Weißenstein aus mußte er sich am 11. Mai 1854 zu einer Besprechung mit dem neu ernannten General-Gouverneur der Ostseeprovinzen Fürsten Suworow in verschiedenen öffentlichen Angelegenheiten nach Riga begeben.

Bald nach dem Regierungsantritt des Kaisers Alexander II. wurden Vertreter der bedeutendsten Städte der Ostseeprovinzen nach Petersburg berufen, um über verschiedene wichtige provinzielle und communale Einrichtungen und Interessen im Verein mit Regierungsvertretern zu verhandeln. Riga delegirte neben Anderen den bekannten Bürgermeister Otto Müller, Reval Bunge, und wurde ihm der Ober-Secretär des Raths Alexander Schütz als Hülfsarbeiter beigegeben. Die Aufgaben der städtischen Delegirten waren theils gemeinsame, theils besondere der einzelnen Communen, die sie vertraten. So war es Reval besonders darum zu thun, das städtische Vermögen von der Reichscontrole und die städtischen Budgets von der bislang erforderlichen ministeriellen Bestätigung zu befreien. Es gelang nun Bunge, beim Ministerium des Innern es durchzusetzen, daß das Budget des sog. Gotteskastens fortan nicht mehr der Beprüfung und Bestätigung der Regierungsbehörden zu unterliegen brauchte, mithin das vor allem für Kirchen- und Schulzwecke seit Alters her fundirte Vermögen in die freie Disposition der Stadt überging. Der Rath war mit diesem Ergebniß so außerordentlich zufrieden, daß er an Bunge ein vom 8. Mai 1856 datirtes Dankschreiben erließ, aus dem folgender Passus hier reproducirt werden mag: „. . . Freudigen Herzens wählten wir Sie zum Vertreter der Stadt, denn wie die literärische Welt es annerkennt, daß Sie den Stamm der Provinzialrechtswissenschaft und der Provinzialrechtsgeschichte gepflanzt und daß er unter Ihrer liebevollen Pflege so herrlich emporgewachsen, so erkennt der Rath der Stadt Reval, daß Sie den über letzterem sich ausbreitenden Zweigen dieses Stammes Ihre besondere Sorgfalt zugewandt haben. Wir wissen aber auch, daß bei Ihnen sich mit der Kenntniß des Rechts auch die Liebe zum Rechte verbindet. . . ."

Bunge kehrte nicht mehr dauernd nach Reval zurück; die letzte von ihm während seines kurzen Aufenthaltes in genannter Stadt mitgemachte Sitzung und das von ihm unterschriebene Protokoll sind die vom 21. September 1856. Im August desselben Jahres fand auf höhere Anordnung seine Ueberführung zur II. Abtheilung der sog. Eigenen Kanzlei des Kaisers statt.

b) Seine Thätigkeit als Gelehrter.

Bunge spricht in seiner Biographie davon, es habe sich auch in Reval wie in Dorpat ein Juristen- oder Unterhaltungs-Zirkel gebildet, dem er so vieles zu verdanken gehabt. Wir finden in der Vorrede zur zweiten Ausgabe seines liv- und ehstländischen Privatrechts folgende weitere Notizen darüber. Dieser Zirkel bestand aus Rathsgliedern G. Gloy, A. G. Koch,

J. G. Köhler, A. Schütz und dem ehstländischen Procureur Dr. C. J. A. Paucker. „In diesem Zirkel — heißt es a. a. O. weiter — wurde im Laufe von drei Wintern dieses Werk (das genannte Privatrecht) aufs Genaueste durchgenommen und durchgesprochen. Daß dasselbe dadurch insbesondere an praktischem Werthe — vorzüglich in Beziehung auf Ehstland und Reval — bedeutend gewonnen, kann Sachkennern beim ersten Blick in diese neue Ausgabe nicht entgehen. Aber auch außerdem haben fortgesetzte theoretische Studien den Verfasser zur Berichtigung mancher Irrthümer und Ergänzung mancher Mängel seines Werkes geführt; er hat die neuere, zum Theil durch sein Werk veranlaßte Literatur gewissenhaft benutzt, theils um seine früheren Ansichten, wo er sich eines Besseren überführt erachtete, zu ändern, theils um sie gegen die dawider gemachten Angriffe zu vertheidigen und tiefer zu begründen." Die neue Auflage ist speciell den genannten praktischen Juristen und außerdem dem früheren Dorpater Collegen Professor Dr. C. O. v. Madai in Kiel gewidmet.

Bevor noch Bunge nach Reval gekommen, war er und zwar seit dem 24. Juni 1842 correspondirendes Mitglied der ehstländischen literärischen Gesellschaft, d. h. desjenigen Vereins, der schon damals als Mittelpunkt geistiger Bestrebungen in der Provinz Ehstland gelten konnte. Als Bunge im März 1843 nach Reval übersiedelte, wurde er sofort ordentliches Mitglied der Gesellschaft und trat der Section für Rechtswissenschaft bei. Als solches hielt er seinen ersten Vortrag „über livländische Hohlmaße". Diesem folgten die Vorträge „über die Rechte der Nachbarn bei Be- und Entwässerungsversuchen" und „über die Beweiskraft der Handelsbücher mit besonderer Rücksicht auf das in Reval geltende lübische und auf das Rigasche Stadtrecht", endlich „über das Eheverbot wegen mangelnder Einwilligung der Eltern". Diese drei Vorträge sind später in den von Bunge und Madai herausgegebenen theoretisch-praktischen Erörterungen abgedruckt worden. — Im Jahre 1844 wählte man Bunge zum Director der Section für Rechtswissenschaft. In dieser Stellung hat er eine Reihe von Vorträgen gehalten, von denen hier genannt werden mögen: "Bischof Jacobs Stadtrecht für Hapsal vom Jahre 1294", "Abriß der Geschichte des Rechtsverfahrens in peinlichen Fällen zur Zeit der Ordensherrschaft in Liv-, Ehst- und Kurland", "Ursprung und Wirksamkeit der Vehmgerichte im Mittelalter und deren gerichtliches Verfahren nach den neuesten Untersuchungen des Kanzlers v. Wächter in Tübingen"; wir finden diese Vorträge in Bunges "Archiv" abgedruckt. Doch begnügte Bunge sich keineswegs mit Vorträgen juristischen Inhalts, auch die Geschichte und namentlich die Provinzialgeschichte kamen zu voller Geltung. So wurden in der Gesellschaft u. A. folgende Vorträge verlesen: "Nachrichten über das alte Archiv in Reval", "die Revalschen Mauerthürme um das Jahr 1525", "über einige neu entdeckte livländische Chroniken, insonderheit eine alte Heermeister- und eine Rigasche Erzbischofs-Chronik". Auch diese Vorträge sind im genannten "Archiv" abgedruckt worden. Indessen waren es nicht immer größere Aufsätze, sondern auch häufig nur Referate oder von ihm in Vorschlag gebrachte Discussionsthemata, durch welche Bunge anregend zu wirken suchte.

Nicht lange, nachdem Bunge Reval verlassen hatte und seine Rückkehr an den Ort seines mehrjährigen Aufenthalts nicht mehr zu erwarten stand, im Jahre 1859, wurde er zum Ehrenmitgliede mehrgedachter Gesellschaft erwählt.

Im Jahre 1877 richtete letztere an Bunge in Veranlassung seines 50 jährigen Doctor-Jubiläums ein Glückwunsch-Schreiben, für welches der Jubilar von Gotha aus dankte.

Ein kostbares Andenken an Bunge und seine historischen Studien besitzt die Bibliothek der Gesellschaft in dem ihr gewidmeten Manuscript — erstaunlich ist die feine und doch zugleich leserliche Handschrift Bunges — seines Buches „das Herzogthum Ehstland unter den Königen von Dänemark". Es trägt das Datum Gotha 1877. Es mag hier zugleich erwähnt werden, daß sich in derselben Bibliothek ein Sammelwerk — Livono-Esthonica — befindet, welches gleich zu Anfang ein „Dorpat 1824" datirtes Manuscript von Bunges Hand enthält, betitelt „Einleitung in sämmtliche Quellen des liv-, ehst- und kurländischen Rechts", wahrscheinlich eine Vorarbeit seines Buches „Einleitung in die liv-, ehst- und kurländische Rechtsgeschichte und Geschichte der Rechtsquellen. Reval, 1849."

Bevor Baron Toll den Plan faßte, die „Brieflade" herauszugeben, hatte Georg v. Brevern, damals ehstländischer Ritterschafts-Secretär, einem ähnlichen Gedanken durch Auffindung und Bearbeitung von auf die Adels- und Gütergeschichte Ehstlands bezüglichen und im ritterschaftlichen Archiv befindlichen Urkunden vorgearbeitet; Bunge, mit Brevern befreundet, interessirte sich, als er nach Reval kam, aufs Lebhafteste für dessen Forschungen und erkannte alsbald ihren Werth für die in Rede stehende Gütergeschichte. So war denn Bunge, als Toll ihn aufforderte, sich an der „Brieflade" zu betheiligen, nicht nur mit dem, was das Ritterschafts-Archiv zur Benutzung für dieselbe darbot, sondern auch mit den Urkunden des alten Raths-Archiv einigermaßen bekannt. Tolls schon im Jahre 1851 gefaßter Plan, die „Brieflade" dem Drucke zu übergeben, der wegen mancher äußeren Hindernisse damals nicht zur Ausführung kam, wurde — wie dem Vorworte zum ersten Bande der „Brieflade" zu entnehmen ist — erst verwirklicht, als Bunge im März 1853 für die Mitwirkung an diesem Unternehmen gewonnen war. Bunge übernahm — demselben Vorwort zufolge — für den ersten Band zunächst die Uebertragung sämmtlicher Urkunden ins Hochdeutsche und die Leitung des Druckes. Zu der Kuckersschen Urkundensammlung fügte er seine eigene, im Laufe von vielen Jahren erworbene Sammlung von Privaturkunden, benutzte, wie schon bemerkt, das ihm zugängliche Revalsche Raths-Archiv und erließ in öffentlichen Blättern eine Aufforderung an alle Besitzer von ehst- und livländischen Privaturkunden, ihm solche zur Benutzung anzuvertrauen. Bunge übernahm ferner für den ersten Band die Anfertigung eines Sach- und Wortregisters, während Baron Toll das Personen- und geographische Register zu bearbeiten hatte. Diese Arbeitstheilung brachte es mit sich, daß Bunge sich vorwiegend mit den alten Rechtsbüchern und sonstigen Rechtsquellen und damit zusammenhängenden Rechtsfragen beschäftigte. Ein ihm auf diesem Gebiete sehr wichtiger Mitarbeiter erwuchs ihm später in der Person von Paucker. Wenn Bunge in der Folge auch viel Material für die „Brieflade" geliefert hat, so hat er sich als Herausgeber derselben nur bei ihrem ersten Bande betheiligt.

c) Seine späteren codificatorischen Arbeiten.

Wie dem Leser aus Bunges Autobiographie bekannt, machte er in den Winterferien der Jahre 1831—1834 Besuche in der Residenz und bei der Gelegenheit die Bekanntschaft des Grafen Speransky und des Geheimraths Bolugjanski. Beide hatten ja schon damals die Begabung Bunges für codificatorische Arbeiten erkannt und mit Erfolg in Anwendung gebracht. Während des Revaler Aufenthaltes boten sich mehrhafte Veranlassungen dar, die in Rede stehende Begabung derart zu bethätigen, daß sich die Staatsregierung dazu entschloß, Bunge ganz für das

Ressort der Codification zu gewinnen, und er in Folge dessen nach Petersburg übersiedelte.

Bevor wir ihn dahin begleiten, wo besonders Graf Bludow in den Vordergrund tritt, wird es manchem Leser gewiß nicht unerwünscht sein, sich vorher die Bilder der zuerst genannten beiden Männer vergegenwärtigen zu können. Wir finden sie in einem Aufsatze der „Balt. Monatsschrift" — Bd. XXIX — betitelt: „Erzählungen eines Augenzeugen aus der Geschichte der Codification des Provinzialrechts". Dieser Augenzeuge war der verstorbene ehstländische Gouverneur und damalige Ritterschaftshauptmann J. v. Grünewaldt, der, im Jahre 1836 nach Petersburg berufen, uns folgende Bilder jener beiden Männer entwirft. Von Speransky heißt es a. a. O.: „Diesen merkwürdigen Mann zu charakterisiren, ist nicht leicht; denn ein abgemesseneres und verschlosseneres Wesen ist mir nie vorgekommen. Er sprach selten mit Entschiedenheit eine Ansicht aus, vermied überhaupt Gespräche über politische oder auch nur ernste Dinge und selbst in seinen Mienen war seine Herzensmeinung nicht zu lesen. Trug man ihm etwas vor, so daß er genöthigt war, seine Meinung darüber auszusprechen, so pflegte er nur „fort bien" zu sagen. Doch durfte man dies nicht für eine Aeußerung des Beifalls halten, denn es war, wie meine Erfahrung mich gelehrt hat, nichts als ein Zeichen, daß er gehört habe, wovon die Rede gewesen." — Grünewaldt lernte vor Speransky den Geheimrath Bolugjanski kennen. „Ich fand — berichtet er über Letzteren — einen wohlbeleibten Alten von mehreren 70 Jahren mit einem ausdrucksvollen Kopfe, der dicht mit grauen Haaren bewachsen war. Er ist überaus harthörig, pflegt den größten Theil des Tages im Schlafrock, der ihn selten völlig bedeckt, in einem Lehnstuhl zu sitzen an einem Tische, der in größter Unordnung mit

Büchern, Zeitungsblättern und Papieren aller Art bedeckt war, entweder lesend oder im Gespräch mit seinen Beamten, oder auch schlafend."

Die bedeutendsten codificatorischen Arbeiten, welche Bunge während seines Aufenthaltes in Reval auszuführen hatte, waren der im Jahre 1848 von ihm ausgearbeitete Abriß der Geschichte des Privatrechts und Prozesses der Ostseeprovinzen und die ihm vom Grafen Bludow aufgetragene Codification des Privatrechts. Beide Arbeiten führte Bunge so sehr zur Zufriedenheit an maß= gebender Stelle aus, daß, wie aus einem Schreiben des ehst= ländischen Gouverneurs an den Revalschen Rath vom 25. April 1852 erhellt, Bunge auf Vorstellung des Grafen Bludow nicht nur das Allerhöchste Wohlwollen, sondern auch eine Gratification von 1000 Rbl. zu theil wurde. Ob die am 17. November 1853 stattgehabte Verleihung des St. Annen-Ordens 2. Klasse mit diesen Arbeiten in einem Zusammenhange gestanden hat, mag dahingestellt bleiben.

5. Bunge in Petersburg.

In die Zeit seines Petersburger Aufenthalts fällt Bunges Aufnahme in die Corporation der Ehstländischen Ritterschaft und die Verleihung des Ehrenbürgerrechts seitens der Stadt Reval.

Erstere, als die zeitlich frühere, mag zuerst eine nachträgliche Ergänzung erfahren. Die ehstländische Ritterschaft war im März 1865 zu einem Landtage versammelt, und bildete u. A. die in Rede stehende Angelegenheit einen Gegenstand ihrer Ver= handlungen. Laut Protokoll vom 15. März wurde dieselbe durch einen Antrag des Barons Bernhard von Uexküll ein=

geleitet. Dieser Antrag lautet, wie folgt: „Erlauben Sie, meine Herren, in Uebereinstimmung mit meinem Herrn Collegen aus der Justiz-Commission — Antragsteller meint den damaligen Procureur von Ehstland, jetzigen Senateur Friedrich Baron Stackelberg — eine Pflicht der Dankbarkeit zu erfüllen und den Antrag zu stellen, daß die Ritterschaft in Anerkennung der großen und glänzenden Verdienste, die der Wirkliche Staatsrath von Bunge sich um das Rechtsleben der Ostseeprovinzen erworben, denselben als Ehrenmitglied in ihre Corporation aufnehmen möge." Er gestehe, daß er selbst, ehe ihm in Dorpat die Gelegenheit dazu geboten, nicht im Stande gewesen sei, die großen Verdienste dieses Mannes in vollem Maße zu würdigen. Er wolle nicht allein seiner großen und bewunderungswürdigen Arbeit, der Codification des Civilrechts, Erwähnung thun, nicht der vielen Bücher und Abhandlungen, die er über das provinzielle Recht geschrieben, nicht seiner Thätigkeit als Professor an der Landes-Universität, sondern er lege das Hauptgewicht darauf, daß Herr v. Bunge uns ein Gut wiedergeschenkt hat, das im Laufe der Jahrhunderte verloren gegangen war, das Bewußtsein nämlich unseres Rechts, und nichts sei in schweren Zeiten so kräftigend, wie dieses. Es sei gewagt von ihm, diesen Antrag der Versammlung zu stellen, denn er übernehme dem Manne gegenüber, dem dieser Antrag gegolten, die höchste Verantwortlichkeit, wenn er nicht die Beistimmung der Ritterschaft findet. — Nach kurzer Debatte wird eine Abstimmung abgelehnt und Bunge per Acclamation als Ehrenmitglied der ehstländischen Ritterschaft aufgenommen.

Das Schreiben, welches Bunge die Aufnahme meldet, lautet, wie folgt: „Ew. Excellenz habe ich die Ehre mitzutheilen, daß der im März dieses Jahres versammelt gewesene Landtag beschlossen hat, Sie als Ehrenmitglied der Ehstländischen Ritterschaft aufzunehmen. Die Ritterschaft wollte Ihnen hierdurch ein Zeichen der aufrichtigen Anerkennung geben, welche Ihr unermüdliches Streben und Schaffen auf dem Gebiete des einheimischen Rechts gefunden hat. Die Ritterschaft hofft, daß Ew. Excellenz diese Aufnahme als einen herzlichen Dank ansehen werde, der Ihnen aus einem Lande geworden, dem Sie das hohe Gut des einheimischen Rechts durch Ihre mühevollen und aufopfernden Arbeiten gesichert. Das Diplom über die stattgehabte Aufnahme werde ich nicht ermangeln seiner Zeit Ew. Excellenz zu übermitteln.

Reval, Ritterhaus, den 8. April 1865.

Baron Pahlen, Ritterschaftshauptmann."

Bunge antwortet darauf in einem Schreiben, datirt St. Petersburg vom 11. März, in welchem er dessen erwähnt, daß der Ritterschaftshauptmann ihn mittelst Telegramms vom 10. desselben Monats „von der ehrenvollen Auszeichnung in Kenntniß gesetzt habe", für diese Auszeichnung dankt, die er sehr hoch zu schätzen wisse. „Haben mir meine wissenschaftlichen Forschungen" — schreibt er weiter — „im Gebiete unseres Provinzialrechts und seiner Geschichte, denen mein ganzes Leben gewidmet, schon an sich stets einen hohen Genuß gewährt, so sind die Früchte, welche meine wissenschaftlichen Bestrebungen getragen, mir doppelt kostbar und zu den für mich kostbarsten rechne ich die gegenwärtig errungene, zumal sie auch meinen Nachkommen zu Gute kommt."

Das Schreiben des Revalschen Raths, bei welchem derselbe Bunge die Ehrenbürger-Urkunde übersendet, lautet folgendermaßen:

„Als Ew. Excellenz einst der Universität Dorpat angehörten, da waren Sie der Erste, der durch seine tiefen Forschungen den verhüllten Kern des Provinzialrechts an das Licht gebracht hat, aus dem zerstreut und ungeordnet Vorhandenen ein auf historischem Fundamente ruhendes festes Gebäude errichtend; da waren Sie es, welcher der rechtsbeflissenen Jugend den Weg gewiesen, den sie in der Theorie wie in der Anwendung jenes Rechts zu wandeln habe. Als darauf der Rath der Stadt Reval das Glück hatte, Ew. Excellenz in seiner Mitte zu sehen, da war dieser Stadt einer ihrer wohlwollendsten Oberen und einer ihrer rechtskundigsten und gerechtesten Richter geschenkt. Nachdem endlich Se. Majestät der Herr und Kaiser Ew. Excellenz in Seine Eigene Kanzlei zu berufen und Ihnen die Codification des Provinzialrechts anzuweisen geruht hatte, ist unlängst der Allerhöchst sanctionirte Codex des Civilrechts der Ostsee-Gouvernements erschienen, in welchem die edlen Früchte Ihrer vieljährigen Forschungen und Arbeiten auch für unsere Stadt niedergelegt sind. Wohin aber auch Ihr Lebensweg Sie geleitet hat, überall haben Sie als Schriftsteller die Literatur des Provinzialrechts wie der Rechtsgeschichte durch die von Ihnen herausgegebenen Werke bereichert.

Gegen den erleuchteten Begründer und Lehrer der Wissenschaft, wie gegen den rechtskundigen und gerechten Richter, gegen den eifrigen Forscher und bewährten Schriftsteller, wie gegen den treuen Vollzieher des Kaiserlichen Willens sind unsere Herzen voll der innigsten Verehrung und Dankbarkeit. Diesen Gefühlen eine Sprache zu geben, ist unser gerechter Wunsch. Möchten wir diesen durch die Ernennung Ew. Excellenz zum Ehrenbürger unserer Stadt erreichen, möchte Ew. Excellenz die hierbei übersandte Urkunde freundlich annehmen, was in unseren Herzen unvertilgbar geschrieben steht.

Reval, Rathhaus, den 18. Juni 1865."

Die Urkunde selbst lautet:

„Wir Bürgermeister und Rath der Kaiserlichen Gouvernements-Stadt Reval urkunden hierdurch, daß wir Seiner Excellenz dem Herrn Wirklichen Staatsrathe und hoher Orden Ritter Dr. jur. utr.

Friedrich Georg von Bunge

in dankbarer Anerkennung der unschätzbaren Verdienste, welche er sich um die wissenschaftliche Bearbeitung und Codification des einheimischen Rechts erworben, das

Ehrenbürgerrecht

der Stadt Reval verliehen haben.

Reval, Rathhaus, den 17. Juni 1865."

Urkunde und Begleitschreiben sind von dem damaligen Syndicus O. v. Riesemann verfaßt worden.

Auch für diese Verleihung hat Bunge dem Revalschen Rathe ein herzliches Dankschreiben zukommen lassen.

Wie Bunge in seiner Biographie angiebt, hat er sich an dem eigentlichen Studentenleben wenig betheiligt und namentlich keiner der damals bestehenden Corporationen angeschlossen. Die großen Verdienste, die er sich erworben, haben aber auch bei den Dorpater Studenten seiner Zeit volle Anerkennung gefunden. Bei Erwähnung der Ehrenbezeugungen, die Bunge von Ritterschaften und Städten zu theil wurden, darf als letzte der Art nicht unerwähnt gelassen werden, daß die Dorpater Corporation „Estonia" am 7. September 1871 bei Gelegenheit ihres 50jährigen Jubiläums Bunge zu ihrem Ehren=Philister erwählt hat.

Die Theilnehmer am Juristenabend in Petersburg, von denen die Biographie spricht, kann der Herausgeber auf Grund einer gütigen Mittheilung eines dieser Theilnehmer, nämlich des Herrn Wirklichen Geheimraths Gregor v. Brevern — beiläufig bemerkt, eines alten Freundes Bunges — nachträglich nennen. Es waren dies: 1) Theodor v. Brunn, der im Jahre 1889 als Staatssecretär des Großfürstenthums Finnland gestorben ist; 2) Nicolai Miogkow, als Senateur verstorben; 3) Dimitri

Solski, gegenwärtig Vorsitzender im Gesetz-Departement des Reichsraths, früher Reichs-Secretär und dann Reichscontroleur; 4) Georg Peretz, gegenwärtig Mitglied desselben Departements; 5) Basile v. Reutern, gegenwärtig Geheimrath beim Codifications-Departement des Reichsraths (die frühere II. Abtheilung der Kaiserlichen Kanzlei). „In der letzten Zeit — bemerkt Herr v. Brevern — trat noch Theodor Marcus hinzu, gegenwärtig Secretär und Gehülfe des Ober-Dirigirenden dieses Codifications-Departements."

6. Bunges letztes Werk.

Die letzte schriftstellerische Arbeit Bunges, welche im Druck erschienen ist, stammt aus dem Jahre 1887. Sie führt den Titel „das Albrecht-Dürer-Spiel" und ist in № 31 der Zeitschrift „Der Bazar" erschienen. In ihrem Eingange lesen wir: „Unter den vielen in neuerer Zeit bekannt gewordenen Geduld- oder Einsiedlerspielen (eine Wohlthat für diejenigen, welche durch Schwäche des Gesichts und Gehörs oder aus anderen Gründen auf ein einsames Leben angewiesen sind und ihre Zeit nicht durch Lesen oder ernstere Beschäftigung ausfüllen können) nimmt ohne Zweifel das sogenannte Albrecht-Dürer-Spiel einen der ersten Plätze ein. Seinen Namen hat das Spiel von dem berühmten Maler und Kupferstecher Albrecht Dürer, weil es auf einem der Kupferstiche des Meisters, betitelt „Melancholie I.", abgebildet ist. Diese Abbildung hat wahrscheinlich zugleich den Zweck, das Jahr anzugeben, welchem der Kupferstich seine Entstehung verdankt, nämlich 1514, indem diese Jahreszahl in der letzten Reihe der Abbildung zu sehen ist. Dieselbe Jahreszahl ist auch unten an dem Steine, auf welchem die Figur der Melancholie sitzt, angegeben."

Und nun folgt eine ausführliche Erläuterung der Beschreibung des Spiels.

Inhaltsverzeichniß.

	Seite
Vorwort	3
Autobiographie	5
Nachträge:	
Bunges Vorfahren	31
Aus Bunges Schüler- und Studentenzeit	32
Bunge als Docent und Professor	34
Bunge in Reval	39
Bunge in Petersburg	51
Bunges letztes Werk	56